平屋雜文

夏丏尊著

開明文學新刊

自序

把所寫的文字收集了一部分付印成書，叫做平屋雜文。

自從祖宅出賣以後，我就沒有自己的屋住。白馬湖幾間小平屋的造成，在我要算是一生值得紀念的大事。集中所收的文字，大多數並不是在平屋裏寫的，卻差不多都是平屋造成以後的東西，最早的在民國十年，正是平屋造成的那一年。就文字的性質看，有評論，有小說，有隨筆，每種分量既少而且都不三不四得可以，評論不像評論，小說不像小說，隨筆不像隨筆。近來有人新造一個雜文的名辭，把不三不四的東西叫做雜文，我覺得我的文字正配叫雜文，所以就定了這個書名。

我對於文學，的確如趙景深先生在立報言林上所說「不大努力。」我自認不配做文人，寫的東西旣不多，而且並不自己記憶保存。這囘的結集起來付印，全出於幾個朋友的慫恿，朋友之中慫恿最力的要算鄭振鐸先生，他在這一年來幾乎每次見到就談起出集子的事。

長女吉子，是平日關心我的文字的。她曾豫備替我做收集的工作，不幸今年夏天竟病亡，不及從她父親的文集裏再讀她父親的文字了！

二十五年十二月，夏丏尊。

目次

怯弱者……一
貓……一七
長閒……二九
命相家……三九
竈君與財神……四五
談嗅……五一
幽默的叫賣聲……五七
一種默契……六〇
聞歌有感……六三

對了米萊的「晚鐘」……七一
誤用的並存和折中……八二
知識階級的運命……八七
「子愷漫畫」序……一〇三
「鳥與文學」序……一〇七
我的中學生時代……一〇九
光復雜憶……一一九
緊張氣分的回憶……一二三
一個追憶……一二六
我之於書……一三〇
試鍊……一三三
鋼鐵假山……一三五

中年人的寂寞……一三九
早老者的懺悔……一四三
送殯的歸途……一四七
阮玲玉的死……一四九
春的歡悅與感傷……一五四
原始的媒妁……一五七
白馬湖之冬……一六〇
良鄉栗子……一六三
兩個家……一六七
整理好了的箱子……一七三
致文學青年……一七七
讀詩偶感……一八一

怯弱者

一

陰曆七月中旬，暑假快將過完，他因在家鄉住厭了，就利用了所剩無幾的閒暇，來到上海。照例躭擱在他四弟行裏。

「老五昨天又來過了，向我要錢，我給了他十五塊錢。據說前一會浦東紗廠爲了五卅事件，久不上工，他在領總工會的維持費呢。唉，可憐！」兄弟晤面了沒有多少時候，老四就報告幼弟老五的近況給他聽。

「哦！」他淡然地說。

「你總只是說『哦，哦』我眞受累極了。錢還是小事，看了他那樣兒，眞是不忍。鴉片恐還在吃吧，你看，靠了蘇州人做女工，那裏養得活他。」

「但是有什麼法子囉！」他仍淡然。

自從老五在杭州討了所謂蘇州人，把典鋪的生意失去了以後，雖同住在杭州，他對於老五就一反了從前勸勉慰藉的態度，漸漸地敬而遠之起來。老五常到他家裏來訴說失業後的貧困和妻妾間的風波，他除了於手頭有錢時接濟些以外，一概不甚過問。老五有時說家裏有菜，來招他喫飯，他也託故謝絕。他當時所最怕的，是和那所謂蘇州人的女人見面。

「見了怎樣稱呼呢？她原是拱宸橋貨，也許會老了臉皮叫我三哥吧，我叫她什麼？不尷不尬的！」這是他心裏所老抱着的過慮。

有一天，他從學校囘到家裏，妻說：

「今天五弟領了蘇州人來過了，說來見見我們的。才囘去哩。」

他想，幸而遲了些囘來，否則糟了。但仍不免爲好奇心所驅

「是甚樣一個人？漂亮嗎？」

「也不見得比五娘長得好。瘦長的身材，臉色黃黃的，穿的也不十分講究。據說五弟當時做給她的衣服已有許多在典鋪裏了。五弟也憔悴得可憐，和在當鋪裏時比起來，竟似兩個人。何苦啊，眞是前世事！」

老五的狀況，愈弄愈壞。他每次聽到關於老五的音信，就想像到自己手足沈淪的悲慘。可是卻無勇氣去直視這沈淪的光景。自從他因職務上的變更遷居鄉間，老五曾爲過年不去，奔到鄉間來向他告貸一次以後，就無來往，唯從他老四那裏聽到老五的消息而已。有時到上海，聽到老五已把正妻逼回母家，帶了蘇州人到上海來了。有時到上海，聽到老五由老四薦至某店，虧空了許多錢，老四吃了多少的賠賬。有時到上海，聽到老五梅毒復發了，臥在牀上不能行動。後來又聽到蘇州人入浦東某紗廠做女工了，老五就住在浦東的貧民窟裏。

當老四每次把老五的消息說給他聽時，他的回答只是一個「哦」字。實際，在他除了回答說「哦」以外，甚麼都不能說了。

「不知老五究竟苦到怎樣地步了，既到了上海，就去望他一次吧。」有時他也會這樣想。可是同時又想到：

「去也沒用，梅毒已到了第三期了，鴉片仍在吸，住在貧民窟裏，這光景見了何等難堪。況且還有那個蘇州人……橫豎是無法救了的，還是有錢時送給他些吧，他所要的是錢，其實單靠錢也救他不了……」

自從有一次在老四行裏偶然碰見老五，彼此說了些無關輕重的話就別開以後，他已有二年多不見老五了。

二

到上海的第二天，他才和朋友在館子裏喫了中飯，回到行裏去，見老四縐了眉頭和一個工人模樣的人在談話。

一老三，說老五染了時疫，昨天晚上起到今天早晨瀉過了好幾十次，指上的螺也已瘋了。這是老五的鄰居，特地從浦東趕來通報的。」他才除了草帽，就從老四口裏聽到這樣的話。

「哦，」他一壁回答，一壁脫下長衫到裏間去掛。

「那末，你先囘去，我們就派人來。」他在裏間聽見老四送浦東來人出去。

立時，行中夥友們都失了常度似地說東話西起來了。

「前天還好好地到此地來過的。」張先生說。

「這時候正危險，一不小心……」在打算盤的王先生從旁加入。

老四一進到裏間，就神情淒楚地：

「說是昨天到上海來，買了二塊錢的鴉片去。——大概就是我給他的錢吧——因肚子餓了，在小麵館裏吃了一碗麵，囘去還自己煎鴉片的。到夜飯後就發起病來。照來人說的情形，性命恐怕難保的了。事已如此，非有人去不可。我也未曾去過，有地址在此，總可問得到的。你也同去吧。」

「我不去」

「你怕傳染嗎?自己的兄弟呢。」老四瞠了目說。

「傳染倒不怕，我在家裏的時候，已請醫生打過預防針了的。實在怕見那種凄慘的光景。我看最要緊的，還是派個人去，把他送入病院吧。」

「但是，總非得有人去不可。你不去，只好我一個人去。——一個人去也有些膽小，還是叫吉和叔同去吧，他是能幹的，有要緊的時候可以幫幫。」老四一壁說一壁急搖電話。

果然，他吉和叔一接電話就來，老四立刻帶了些錢着了長衫同去了。他只是懶懶地靠在沙發上目送他們出門。行中夥友都向他凝視，那許多驚訝的眼光，似乎都在說他不近人情。

他也自覺有些不近人情起來，自恨自己怯弱，沒有直視苦難的能力，卻又具有着對於苦難的敏感。身子雖在沙發上，心已似飛到浦東，一味作着悲哀的想像：

「老五此刻想瀉得乏力了，眼睛大約已凹進了，據說霍亂症一瀉肉就瘦落的。——

不，或者已氣絕了……」

他用了努力把這種想像壓住，同時卻又因了聯想，紛然地回憶起許多往事來：記到兒時兄弟在老屋簷前怎樣玩耍，母親在日怎樣愛戀老五，老五幼時怎樣吃着嘴講話討人歡喜，結婚後怎樣不平，怎樣開始放蕩，自己當時怎樣勸導，第一次發梅毒時，自己怎樣得知了跑到拱宸橋去望他，怎樣想法替他擔任籌償舊債。又記到自己幼時逢大雷雨躲入牀內，得知家裏要殺雞，就立即逃避，看戲時遇到翠屏山殺嫂等戲要當場出彩，預先俯下頭去，以及妻每次生產時，不敢走入產房，只在別室中悶悶地聽着妻的呻吟聲默禱她安全的光景。又記到二十五歲那年母親在自己腕上氣絕時自己的難忍，五歲愛兒患了肺炎將斷氣時雖嘶了聲叫「爸爸來爸爸來，」自己不敢近去抱他，終於讓他死在妻懷裏的情形。

種種的想像與回憶，使他不能安坐在沙發上。他悄然地披上長衣，拿了草帽無目的地向外走去。見了路上的車水馬龍，愈覺着寂寥，夕陽紅紅地射在夏布長衫上，可是在他卻時覺有些寒噤。他蕩了不少的馬路，終於走入一家酒肆，揀了一個僻靜的位子坐下。

電燈早亮了，他還是坐着，約莫到了八點多鐘，才懶懶地起身。他怕到了老四行裏得知惡消息，但不得消息，又不放心。大了膽到了行裏，見老四和他吉和叔還未回行，又忐忑不安起來：

「這許多時候不回來，怕是老五已死了。也許是生死未定，他們爲了救治，所以離不開身的。」這樣自己猜忖。

老四等從浦東回來已在九點鐘以後。

「你好！這樣寫意地躺在沙發上，我們一直到此刻才算『眼不見爲淨』，連夜飯都還未下肚呢！」他吉和叔一進來就含笑帶怒地說。

他一聽了他吉和叔的責言，幾乎要辯解了說「我在這裏恐比你們更難過些。」可是終於噤住。因了他吉和叔的言語和神情，推測到老五還活着，緊張的心緒也就寬緩了些。

「病得怎樣?不要緊嗎?」他禁不住一見老四就問。

「瀉是還在瀉,神志尙淸,替他請了個醫生來打過鹽水針,所以一直弄到此刻。據醫生說溫度已有些減低,救治欠早,約定明晨再來替他診視一次,但願今夜不再瀉,就不要緊。——我們要囘來時,蘇州人向着我們哀哭,商量後事,說她曾割過股了,萬一老五不好,還要替他守節。卻不料妓女中竟有這樣的人。——老五自己說恐今夜難過,要我們陪他。但是地方正不像個樣子,只是小小的一間樓上,便桶風爐就在牀邊,一進房便是臭氣。我實在要留也不能留在那裏,只好硬了心腸囘來。」

他吉和叔說恐受有穢氣,喫飯時特叫買高粱酒,一壁飮酒一壁雜談方才到浦東去的情形:說什麼左右鄰居一見有着長衫的人去就大驚小怪地擁來,醫生打鹽水針時,滿房立滿了赤膊的男人和抱小孩的女人,儘囘覆也不肯散,以及小弄堂內蒼蠅怎樣多,想到自己祖父名下的人落魄至於住到這種場所,心裏怎樣難過。他只是托了頭坐在旁邊聽着。等到飯畢,他吉和叔囘去以後,還是茫然地坐在原處不動。

「我預備叫車夫阿冤到浦東去，今夜就叫他陪在那裏，有要緊卽來報告。再向朋友那裏挑些大土膏子帶去。今夜大約是不要緊的，且到明天再說吧。」老四一壁說一壁就寫條子問朋友借鴉片，按電鈴叫車夫阿冤。

「死了怎樣呢？」他情不自禁地自己喞咕着說。

「死了也沒有法子，給他備衣棺，給他安葬，橫豎只要錢就是了。世間有你這樣的人！還說是讀書的！遇事既要躲避，又放不下，老是這樣黏纏！」

老四說時笑了起來，他也不覺爲之破顏。自笑自己眞太呆蠢，記起母親病危時妻的話來：

「你這樣夜不合眼，飯也不喫，自割自吊地煩惱，倒反使病人難過，連我們也被你弄得心亂了。你看四弟呵，他服伺病人，延醫買藥，病人牀前有人時，就偷空去睡，起來又做事，何嘗像你的空忙亂！」

老四回寓以後，他也就睡，因爲睡不去，重起來把電燈熄了。電燈一熄，月光從窗間透入。記起今夜是陰曆七月十五的鬼節，不禁有些毛骨竦然，似乎四周充滿了鬼氣似的。

三

天一亮，車夫阿兔回來，說瀉仍未止，病勢已篤，病人昨天知道老三在上海，夜間好幾次地說要叫老三去見見。

他張開了紅紅的眼在牀上坐起身來聽畢車夫阿兔的報告：

「哦！知道了！」

他胡亂地把面洗了，獨自坐在沙發上，拿了一張舊報紙茫然地看着。心裏不絕地迴旋。

「這眞是兄弟最後的一會了，……但正唯其是兄弟，正唯其是最後一會，所以不忍，別說他在浦東貧民窟裏，別說還有那個所謂蘇州人，就是他淸淸爽爽地在自己老家裏，到這時我也要逃開的……可惜昨天不去，昨天去了，不是也過去了嗎？昨天不去，今天更不忍去了……不過，不去又究竟於心不安……」

這樣的自己主張和自己打消，使他苦悶得坐不住，立起身來在客堂圓桌周圍只管繞行！一直到行中夥友有人起來爲止。

九時老四到行，從車夫阿兎口中問得浦東消息，卽向他說：

「那末，你就去一趟吧，叫阿兎陪你去好嗎？」

「我不去！」他斷然地說。

兄弟二人默然相對移時。浦東又有人來急報病人已於八時左右氣絶了。

「終於不救！」老四聞報嘆息說。

「唉！」他只是嘆息。同時因了事件的解決，緊張的心情，反覺爲之一寬。

行中夥友又失起常度來了，大家攏來問訊，互相談論。

「季方先生人是最好的，不過討了個小，景況又不大好。這樣死了，眞是太委屈了！」一個說。

「他眞是一個老實人，因爲太忠厚了，所以到處都喫虧。」一個說。

「默之先生，早知道如此，你昨天應該去會一會的。」張先生向了他說。

「去也無用，徒然難過。其實，像我們老五這種人，除了死已沒有路了的。死了倒是他的福。」他故意說得堅強。

老四打發了浦東來報信的人回去，又打電話叫了他吉和叔來，商量買棺木衣衾，及殮後送柩到斜橋紹興會館去的事。他只是坐在旁聽着。

「棺材約五六十元，衣衾約五六十元，其他開銷約二三十元，將來還要運送回去安葬。……」老四撥着算盤子向着他說。

「我雖窮，將來也願湊些錢的。事情究竟還不算十分難。」

他吉和叔與老四急忙出去，他也披起長衣就悵悵無所之地走出了行門。

四

當夜送殮，次晨送殯，他都未到。他的攜了香燭悄然地到斜橋紹興會館，是在殯後第二日下午他要動身回里的前幾點鐘。

一下電車，沿途就見到好幾次的喪事行列，有的有些排場，有的只是前面扛着一口棺材，後面東洋車上坐着幾個着喪服的婦女或小孩。

「不過一頓飯的工夫，見到好幾十口棺材了，這幾天天天如此，人眞不値錢啊。」他因讓路，順便走入一家店鋪買香烟時，那店夥自己在咿咕着。

他聽了不勝無常之感。走在烈日之中，汗雖直淋，而身上卻覺有些寒慄。因了這普遍的無常之感，對於自己兄弟的感傷，反淡了許多，覺得死的不但是自己的兄弟。

進了會館門，見各廳堂中都有身着素服的男女休息着，有的淚痕才乾，眼睛還紅腫，有的尙在啜泣。他從管會館的司事那裏問淸了老五的殯所號數，叫茶房領到柩廠中去。

穿過圓洞門，就是一弄一弄的柩廠。廠中陰慘慘地不大有陽光，上下重疊地滿排着靈柩，遠望去有黑色的，有赭色的，有和頭上有金花樣的。兩旁分排，中間只有一人可走的小路。他一見這光景害怕得幾乎要逃出，勉強大着了膽前進。

「在這弄裏左邊下排着末第三號就是，和頭上都釘得有木牌的。你自去認吧。」茶房指着弄口說了急去。

他才踏進弄，即嚇得把脚縮了出來。繼而念及今天來的目的，於是重新屏住了鼻息目不旁瞬地進去。及將到末尾，才去注意和頭上的木牌。果然找着了，棺口溼溼的似新封未乾，牌上寫着的姓名籍貫年齡，確是老五．

「老五！」他不禁在心裏默呼了一聲，鞠下躬去，不禁泫然的要落下淚來，滿想對棺禱訴，終於不敢久立，就飛步地跑了出來。到弄外呼吸了幾口大氣，又向弄內看了幾看才走。

到了客堂裏，茶房泡出茶來，他叫茶房把香燭點了，默默地看着香燭坐了一會。

「老五！對不住你！你是一向知道我的，現在應更知道我了。」這是他離會館時心內的話。

一出會館門，他心裏頓覺寬鬆了不少，似乎釋了甚麼重負似的。坐在從斜橋到十六鋪的電車上，他幾乎睡去。原來他已疲勞極了。

上船不久，船就開駛，他於船初開時，每次總要出來望望的，平常總向上海方面看，這次獨向浦東方面看。沿江連排紅頂的碼頭棧房後背，這邊那邊地矗立着幾十支大烟囪，黑烟在夕陽裏敗絮似地噴着。

「不知那條烟囪是某紗廠的，不知那條烟囪旁邊的小房子是老五斷氣的地方。」
他豎起了脚跟伸了頭頸注意一一地望。

船已駛到幾乎看不到入烟的地方了，他還是靠在欄杆上向船後望着。

——小說月報第十七卷第五號

貓

白馬湖新居落成，把家眷遷囘故鄉的後數日，妹就攜了四歲的外甥女，由二十里外的夫家僱船來訪。自從母親死後，兄弟們各依了職業遷居外方，故居初則賃與別家，繼則因兄弟間種種關係，不得不把先人有過辛苦歷史的高大屋宇，售讓給附近的暴發戶，於是兄弟們囘故鄉的機會就少，而妹也已有六七年無歸寧的處所了。這次相見，彼此既快樂又酸辛，小孩之中，竟有未曾見過姑母的。外甥女也當然不認得舅妗和表姊，雖經大人指導勉強稱呼，總都是呆呆地相覷着。

新居在一個學校附近，背山臨水，地位清靜，只不過平屋四間。論其構造，連老屋的廚房還比不上，妹卻極口表示滿意：

「雖比不上老屋，總究是自己的房子，我家在本地已有許多年沒有房子了！自從老屋賣去以後，我多少被人瞧不起！每次乘船行過老屋的面前，眞是……」

妻見妹說時眼圈有點紅了，就忙用話岔開：

「妹妹你看，我老了許多了罷？你卻總是這樣後生。」

「三姊倒不老！——人總是要老的，大家小孩都已這樣大了，他們大起來，就是我們在老起來。我們已六七年不見了呢。」

「快弄飯去罷！」我聽了他們的對話，恐再牽入悲境，故意打斷話頭，使妻走開。

妹自幼從我學會了酒，能略飲幾杯。兄妹且飲且談，嫂也在旁羼着。話題由此及彼，一直談到飯後，還連續不斷。每到妹和妻要談到家事或婆媳小姑關係上去，我總立卽設法打斷，因爲我是深知道妹在夫家的境遇的，很不願在難得晤面的當初，就引起悲懷。

忽然，天花板上起了嘈雜的鼠聲。

「新造的房子，老鼠就這樣多了嗎？」妹驚訝了問。

「大概是近山的緣故罷。據說房子未造好就有了老鼠的。晚上更厲害，今夜你聽，好像在打仗哩，你們那裏怎樣？」妻說。

「還好，我家有貓。——快要產小貓了，將來可捉一隻來。」

「貓也大有好壞，壞的貓老鼠不捕，反要偸食，到處撒屎，還是不養好。」我正在尋覓輕鬆的話題，就順了勢講到貓上去。

「貓也和人一樣，有種子好不好的，我那裏的貓，是好種，不偸食，每朝把屎撒在盛灰的畚斗裏。——你記得從前老四房裏有一只好貓罷。我們那只貓，就是從老四房討去的小貓。近來聽說老四房裏已斷了種了，——每年生一胎，附近養蠶的人家都來千求萬懇地討，據說討去都不淘氣的。現在又快要生小貓了。」

老四房裏的那隻貓向來有名。最初的老貓是曾祖在時就有了的，不知是那裏得來的種子，白地，小黃黑花斑，毛色很嫩，望去像上等的狐皮「金銀嵌」。善捉鼠，性質卻柔馴得了不得，當我小的時候，常去抱來玩弄，聽牠念肚裏佛，挖看牠的眼睛，不啻是一個小伴侶。後來我由外面回家，每走到老四房去，有時還看見這小伴侶——的子孫。曾也想討隻小貓到家裏去養，終難得逢到恰好有小貓的機會，自遷居他鄉，十年來久不憶及了。不料現在種子未絕，妹家現在所養的，不知已是最初老貓的幾世孫了。家道中落以來，田產室廬大半蕩盡，而曾祖時代的貓，尙間接地在妹家留着種子，這眞是一種不可思議的緣，值得叫人無限感興的了。

「哦！就是那隻貓的種子！好的，將來就給我們一隻。那隻貓的種子是近地有名的。花紋還沒有變嗎？」

「你歡喜那一種？——大約一胎多則三隻，少則兩隻，其中大概有一隻是金銀嵌的，有一二隻是白中帶黑斑的，每年都是如此。」

「那自然要金銀嵌的囉。」我腦中不禁浮出孩時小伴侶的印像來，更聯想到那如雲的往事，爲之茫然。

妻和妹之間，貓的談話，仍被繼續着，兒女中大些的張了眼聽，最小的阿滿，搖着妻的膝問「小貓幾時會來？」——我也靠在籐椅子上吸着烟默然聽她們。

「小貓的時候，要教牠會才好。如果撒屎在地板上了，就捉到撒屎的地方，當着牠的屎打，到碗中偷食喫的時候，就把碗擺在牠的前面打，這樣打了幾次，牠就不敢亂撒屎多偷食了。」

妹的貓教育論，引得大家都笑了。

次晨妹說即須囘去，約定過幾天再來久留幾日，臨走的時候還說：

「昨晚上老鼠眞吵得厲害，下次來時，替你們把貓捉來罷。」

妹去後，全家多了一個貓的話題。最性急的自然是小孩，他們常問「姑媽幾時來？」其實都是爲貓而問，我雖每囘答他們「自然會來的，性急甚麼？」而心裏也對於那與我家一系有二十多年歷史的貓，懷着迫切的期待巴不得妹——貓快來，

妹的第二次來在一個月以後，帶來的只是贈送小孩的果物和若干種的花草苗種，並沒有貓。說前幾天才出生，要一月後方可離母，此次生了三隻，一隻是金銀嵌的，其餘兩隻，是黑白花和狸斑花的，討的人家很多，已替我們把金銀嵌的留定了。

貓的被送來，已是妹第二次回去後半月光景的事，那時已過端午，我從學校回去，一進門，妻就和我說：

「妹妹今天差人把貓送來了，她有一封信在這裏。說從回去以後就有些不適。大約是寒熱，不要緊的。」

我從妻手裏接了信草草一看，同時就向室中四望：

「貓呢？」

「她們在弄牠。阿吉阿滿，你們把貓抱來給爸爸看！」

立刻，柔弱的「尼亞尼亞」聲從房中聽得阿滿抱出貓來：

「會念佛的，一到就蹲在牀下，媽說牠是新娘子呢。」

我在女兒手中把小貓熟視着說：

「還小呢，別去捉牠，放在地上過幾天會熟的。當心碰見狗！」

阿滿將貓放下。貓把背一聳，就跟蹌地向房裏遁去。接着就從房內發出柔弱的「尼亞尼亞」的叫聲。

「去看看牠躲在甚麽地方。」——阿吉和阿滿躡了腳進房去。

「不要去捉牠啊!」妻從後叮囑她們。

貓確是金銀嵌，雖然產毛未褪，黃白還未十分奪目，儘足依約地喚起從前老四房裏小伴侶的印像。「尼亞尼亞」的叫聲，和「咪咪」的呼喚聲，在一家中起了新氣分，在我心中卻成了一個聯想過去的媒介，想到兒時的趣味，想到家況未中落時的光景。

與貓同來的，總以爲不成問題的妹的病消息，一二日後竟由沈重而至於危篤，終於因惡性瘧疾引起了流產，遺下未足月的女孩而棄去這世界了。

一家人參與喪事完畢從喪家回來，一進門就聽到「尼亞尼亞」的貓聲。

「這貓眞不利，牠是首先來報妹妹的死信的!」妻見了貓歎息着說。

貓正在簷前伸了小足爬搔着柱子，突然見我們來，就踉蹌逃去，阿滿趕到廚下把牠捉來了，捧在手裏：

「你還要逃，都是你不好！媽！快打！」

「畜生曉得甚麼？，唉，眞不利！」妻呆呆地望着貓這樣說，忘記了自己的矛盾，倒弄得阿滿把貓捧在手裏瞪目茫然了。

「把牠關在伙食間裏，別放牠出來！」我一壁說一壁懶懶地走入臥室睡去。我實在已怕看這貓了。

立時從伙食間裏發出「尼亞尼亞」的悲鳴聲和嘈雜的搔爬聲來。努力想睡，總是睡不着。原想起來把貓重新放出，終於無心動彈，連向那就在房外的妻女叫一聲「把貓放出」的心緒也沒有，只讓自己聽着那連續的貓聲，一味沈浸在悲哀裏。

從此以後，這小小的貓在全家成了一個聯想死者的媒介，特別地在我，這貓所暗示的新的悲哀的創傷，是用了家道中落等類的悵惘包裹着的。

傷逝的悲懷，隨着暑氣一天一天地淡去，貓也一天一天地長大，從前被全家所咀咒的這不幸的貓，這時漸被全家寵愛珍惜起來了，當作了死者的紀念物。每餐給牠喫魚，歸阿滿飼牠晚上抱進房裏，防恐被人偷了或是被野狗咬傷。

白玉也似的毛地上，黃黑斑錯落得非常明顯，當那蹲在草地上或跳擲在鳳仙花叢裏的時候，望去眞是美麗。每當附近四鄰或路過的人，見了稱贊說「好貓！」的時候，妻臉上就現出一種莫可言說的矜誇，好像是養着一個好兒子或是好女兒，特別地是阿滿：

「這是我家的貓，是姑母送來的，姑母死了，只剩了這隻貓了！」她當有人來稱贊貓的時候，不管那人蕎生與不蕎生，總會睜圓了眼起勁地對他說明這些。

貓做了一家的寵兒了，每餐食桌旁總有牠的位置，偶然偷了食或是亂撒了屎，雖然依妹的教育法是要就地罰打的，妻也總看妹面上寬恕過去。阿吉阿滿一從學校裏回來就用了帶子逗牠玩，或是捉迷藏似地在庭間追趕牠。我也常於初秋的夕陽中坐在簷下對了這跳擲着的小動物作種種的遐想。

那是快近中秋的一個晚上的事：湖上鄰居的幾位朋友，晚飯後散步到了我家裏，大家在月下閒話，阿滿和貓在草地上追逐着玩。客去後，我和妻搬進几椅正要關門就寢，妻照例記起貓來：

「咪咪！」

「咪咪！」阿吉阿滿也跟着喚。

可是卻不聽到貓的「尼亞尼亞」的回答。

「沒有呢！哪裏去了？阿滿，不是你捉出來的嗎？去尋來！」妻着急起來了。

「剛剛在天井裏的。」阿滿瞠了眼含糊地回答，一壁哭了起來。

「還哭！都是你不好！夜了還捉出來做甚麼呢？——咪咪，咪咪！」妻一壁責罵阿滿，一壁嗄了聲再喚。

「咪咪，咪咪！」我也不禁附和着喚。

可是仍不聽到貓的「尼亞尼亞」的回答。

叫小孩睡好了，重新找尋，室內室外，東鄰西舍，到處分頭都尋遍，哪有貓的影兒？連方才談天的幾位朋友都過來幫着在月光下尋覓，也終於不見形影。一直鬧到十二點多鐘。

月亮已照屋角爲止。

「夜深了，把窗門暫時開着，等牠自己囘來罷，——偸是沒有人偸的，或者被狗咬死了，但又不聽見牠叫。也許不至於此，今夜且讓牠去罷。」我寬慰着妻，關了大門，先入臥室去。在枕上還聽到妻的「咪咪」的呼聲。

貓終於不囘來。從次日起，一家好像失了甚麼似地，都覺到說不出的寂寥。小孩從放學囘來也不如平日的高興，特別地在我，於妻女所感得的以外，頓然失卻了沈思過去種種悲歡往事的媒介物，覺得寂寥更甚。

第三日傍晚，我因寂寥不過了，獨自在屋後山邊散步，忽然在山脚田坑中發見貓的屍體。全身黏着水泥，軟軟地倒在坑裏，毛貼着肉，身軀細了好些，項有血跡，似確是被狗或野獸咬斃了的。

「貓在這裏！」我不覺自叫了說。

「在哪裏？」妻和女孩先後跑來，見了貓都呆呆地幾乎一時說不出話。

「可憐！一定是野狗咬死的。阿滿，都是你不好！前晚你不捉牠出來，哪裏會死呢？下世去要成寃家啊！——唉！妹妹死了。連妹妹給我們的貓也死了。」妻說時聲音嗚咽了。

阿滿哭了，阿吉也呆着不動。

「進去罷，死了也就算了，人都要死哩，別說貓！快叫人來把牠葬了。」我催她們離開。

妻和女孩進去了。我向貓作了最後的一瞥，在昏黃中獨自徘徊，日來已失了聯想媒介的無數往事，都回光返照似地一時強烈地齊現到心上來。

——一般第二號

長閒

他午睡醒來，見才拿在手中的一本陶集，皺折了倒在枕畔。午飯時還陰沉的天，忽快晴了，窗外柳絲搖曳，也和方才轉過了方向。新鮮的陽光把隔湖諸山的皺褶照得非常清澈，望去好像移近了一些。新綠雜在舊綠中，帶着些黃味。他無識地微吟着「此中有深意，欲辨已忘言，」揉着倦餳餳的眼，走到喫飯間。見桌上並列地丟着兩個書包，知道兩女兒已從小學散學回來了。屋內寂靜無聲，妻的針線篋裏，鬆鬆地閒放着快做成的小孩單衣，針子帶了線斜定在紐結上。壁上時鐘正指着四點三十分。

他似乎一時想走入書齋去，終於不自禁地跋出廊下。見老女僕正在簷前揩抹預備醃菜的瓶罐，似才從河埠洗滌了來的。

「先生起來了，要臉水嗎？」

「不要。」他躺下擺在簷頭的藤椅去，就燃起了捲煙。

「今天就這樣過去罷，且等到晚上再說了。」他在心裏這樣自語。躺了吸着煙，看看牆外的山門前的水，又看看牆內外的花木；悠然了一會。忽然立起身來從簷柱上取下掛在那裏的小鋸子，攜了一條板凳，急急地跑出牆門外去。

「又要去鋸樹了。先生回來了以後，日日只是弄這些樹木的。」他從背後聽到女僕在帶笑這樣說。

方出大門，見妻和二女孩都在屋前園圃裏，妻在摘桑，二女孩在旁「這片大，這片大！」地指着。

「阿吉，阿滿，你們看，爸爸又要鋸樹了。」妻笑了說。

「這椏杈太密了，再鋸去他。小孩別過來！」他踏上凳去。把鋸子擱到那方才看了不中意的柳枝去。

小孩手臂樣粗的樹枝，「拍地」一落下，不但本樹的姿態爲之一變，就是前後左右各樹的氣象及周圍的氣分，在他看來，也都如一新。攜了板凳回入庭心，把頭這裏那裏地側着看了玩味一會，覺得今天最得意的事就是這件了。於是仍去躺在簷頭的藤椅上。

妻攜了籃進來。

「爸爸，豌豆好喫了。」阿滿跟在後面叫着說。手裏捻着許多小柳枝。

「哪，這樣大了。」妻揭起籃面的桑葉，籃底平平地疊着扁闊深綠的豆莢。

「啊，這樣快！快去煮起來，停會好下酒。」他點着頭。

黃昏近了，他獨自緩飲着酒，桌上擺着一大盤的豌豆，阿吉、阿滿也伏在桌上搶着喫。妻從房中取出蠶籮來，把翦好的桑葉鋪撒在灰色蠕動的蠶上，二女孩幾乎要把頭放入籮裏去，妻擎起籮來逼近窗口去看。一手抑住她們的攀扯。

「就可三眠了。」妻說着，把蠶籮仍拿入房中去。

他一壁喫着豌豆，一壁望着蠶籮，在微醺中又猛觸到景物變遷的迅速，和自己生活的頹唐來。

「唉！」不覺洩出歎聲。

「甚麼了？」妻愕然地從房中出來問。

「沒有甚麼。」

室中已漸昏黑，妻點起了燈，女僕搬出飯來。油炸筍，拌萵苣，炒雞蛋，都是他近來所自名爲山家淸供而妻所經意烹調的。他眼看着窗外的暝色一杯一杯地只管繼續飲，等妻女都飯畢了，才放下酒杯，胡亂地喫了小半碗飯，含了牙籤，踱出門外去，在湖邊小立，等暗到什麼都不見了，才回入門來。

喫飯間中燈光亮亮的，妻在繼續縫衣服，女僕坐在對面用破布疊鞋底，一壁和妻談着甚麼。阿吉在桌上布片的空隙處攤了小朋友看着，阿滿把她半個小身子伏在桌上指着書中的貓或狗強要母親看。一燈之下，情趣融然。

他坐下壁隅的藤椅子去，燃起捲煙，只沉默了對着這融然的光景。昨日在屋後山上採來的紅杜鵑，已在壁間花插上怒放，屋外時送入低而疏的蛙聲。一切都使他感覺到春的爛熟，他覺得自己的全身心，已沉浸在這氣分中，陶醉得無法自拔了。

「爲甚麼總是這樣懶懶的！」他不覺這樣自語。

「今夜還做文章嗎？春天夜是熬不得的。爲甚麼日裏不做些！日裏不是睡覺，就是盪來盪去，換字畫，換花盆，弄得忙煞，夜裏每夜弄到一二點鐘。」妻擧起頭來，停了針線說。

「夜裏靜些囉。」

「要做也不在乎靜不靜，白馬湖眞是最靜也沒有了。從前在杭州時，地方比這裏不知要嘈雜得多少，不是也要做嗎？無論甚麼生活，要坐牢了才做得出。我這幾天爲了幾條蠶的緣故，採葉呀，甚麼呀，人坐不牢，別的生活就做不出，阿滿這件衣服，本來早就該做好了的，你看！到今天還未完工呢。」

妻的話，這時在他眞比甚麼「心能轉境」等類的宗門警語還要痛切。覺得無可反對，只好逃避了說：

「日裏不做，夜裏做，不是一樣的嗎？」

「昨夜做了多少呢？我半夜醒來還聽見你在天井裏踱來踱去口裏唸唸着甚麼『明日自有明日』哩。」

「不是嗎？我也聽見的。」女僕羼入。

「昨夜月色實在太好了，在書房裏坐不牢。等到後半夜上雲了，人也倦了，一點都不曾做啊。」他不禁苦笑了。

「你看那豈不是與燈油有仇？前個月才買來一箱火油，又快完了。去年你在教書的時候，一箱可點三個多月呢。——趙媽，不是嗎？」妻說時向着女僕，似乎要叫她作證明。

「火油用完了，橫豎先生會買來的。怕甚麼？嗄，滿姑娘！」女僕拍着阿滿笑說。

「洋油也是爸爸買來的，米也是爸爸買來的。阿吉的小朋友也是爸爸買來的，屋裏的東西，都是爸爸買來的。」阿滿把快要睡去的眼張開了說。

女僕的笑談，阿滿的天眞爛漫的稚氣，引起了他生活上的憂慮，妻不知爲了甚麼，也默然了，只是俯了頭動着針子，一時沉默支配着一室。

三個月來的經過，很迅速地在他心上舒展開了：三個月前，他棄了多年憮倦的教師生涯，決心憑了僅僅夠支持半年的貯蓄，回到白馬湖家裏來，把一向當作副業的筆墨工作，改爲正業，從文字上去開拓自己的新天地。「每日創作若干字，翻譯若干字，餘下來的工夫便去玩山看水。」當時的計劃，不但自己得意，朋友都豔羨，妻也贊成。三個月來，書齋是打疊得很停當了，房子是裝飾得很妥貼了，有可愛的盆栽，有安適的几案，日日想執筆，刻刻想執筆，終於無所成就，雖着手過若干短篇，自己也不滿足，都是半途輟筆，或憤憤地撕碎了投入紙簍裏。所有的時間，都消磨在風景的留戀上。在他，朝日果然好看，夕陽也好看，新月是嫵媚，滿月是淸澈，風來不禁傾耳到屋後的松籟，雨霽不禁放眼到牆外的山光，一切的一切，都把他牢牢地捉住了。

想享樂自然，結果做了自然的奴隸，想做湖上詩人，結果做了湖上懶人，這也是他所當初萬不料及，而近來深深地感到的苦悶。

「難道就這樣過去嗎？」他近來常常這樣自訟。無論在小飲時，散步時，看山時。

壁間時鐘打九時。

「咿呀！已九點鐘了。時候過去眞快！」妻拍醒伏了睡熟在膝前的阿滿把工作收拾了，吩咐女僕和阿吉去睡。

他懶懶地從藤椅子上立起身來，走向書齋去。

「不做末早睡囉！」妻從背後叮囑。

「呃。」他囘答，「今夜是一定要做些的了，難道就這樣過去嗎？從今夜起！」又暗自堅決了心。

立時，他覺得全身就緊湊了起來，把自己從方才懶洋洋的氣分中拉出了，感到一種勝利的愉快。進了書齋門，急急地摸着火柴把洋燈點起，從抽屜裏取出一篇近來每日想做而終於未完工的短篇稿來，吸着煙，執着自來水筆，沉思了一會，才添寫了幾行，就覺得筆滯，不禁放下筆來舉目凝視到對面壁間的一幅畫上去。那是朽道人十年前爲他作的山水小景，畫着一間小屋，屋前有梧桐幾株，一個古裝人兒在樹下背負了手看月。題句是，

「明日事自有明日，且莫負此梧桐月色也。」他平日很愛這畫，一星期前，他因看月引起了清趣，才將這畫尋出，把別的畫換了，掛在這裏的。他見了這畫，自己就覺得離塵脫俗，作了畫中人了。昨夜妻在睡夢中聽到他念的，就是這畫上的題句。

他吸着煙，向畫幅悠然了一會，幾乎又要踱出書齋去。因了方才的決心，總算勉強把這誘惑抑住。同時，猛憶到某友人「清風明月不用一錢買，但是也不能抵一錢用」的話。不覺對於這素所心愛的畫幅，感到一種不快。

他立起身把這畫幅除去。一時壁間空洞洞地，一室之內，頓失了佈置上的均衡。

「東西是非掛些不可的，最好是掛些可以刺激我的東西。」

他這樣自語了，就自己所藏的書畫中想來想去，忽然想到他的畏友弘一和尚的「勇猛精進」四字的小額來。

「好，這個好！掛在這裏，大小也相配。」

他攜了燈從畫箱裏費了許多工夫把這小額尋出，恐怕家裏人驚醒，輕輕地釘在壁上。

「勇猛精進！」他坐下椅子去默念着看了一會，復取了一張空白稿子，大書「勤靡餘暇心有常閒」八字，用圖畫釘釘在橫幅之下。這是他在午睡前在陶集中看到的句子。

「是的，要勤靡餘暇，才能心有常閒。我現在是安逸而心忙亂啊！」他大徹大悟似地默想。

一切安頓完畢，提出筆來正想重把稿子續下，未曾寫到一張，就聽到外面時鐘丁地敲一點。他不覺放下了筆，提起了兩臂，張大了口，對着「勇猛精進」的小額和「勤靡餘暇心有常閒」八字，打起呵欠來。

攜了燈回到臥室去，才出書齋，見半庭都是淡黃的月色，花木的影映在牆上，輪廓分明地微微搖動着，他信步跨出庭間，方才畫上的題句，不覺又上了他的口頭：

「明日事自有明日，且莫負此梧桐月色也！」

——一般第一卷第一號

命相家

我因事至南京，住在××飯店。二樓樓梯旁某號房間裏，寓着一位命相家。房門是照例關着的，這位命相家叫甚麽名字，房門上掛着的那塊玻璃框子的招牌上寫着甚麽，我雖在出去囘來的時候，必須經過那門前，卻毫未曾加以注意。

有一天旁晚，我從外邊囘來，剛走完樓梯，見有一個着洋服的青年方從命相家房中走出，房門半開，命相家立在門內點頭相送，叫「再會！」

那聲音很耳熟，急把脚立住了看那命相家，不料就是十年前的同事劉子岐。

「呀！子岐！」我不禁叫了出來。

「呀！久違了。你也住在這裏嗎？」他喫了一驚，把門開大了讓我進去。我重新去看門口的招牌，見上面寫着「青田劉知機星命談相」等等的文字。

問。

「哦！劉子岐一變而爲劉知機。十年不見，不料得了道了，究竟是甚麼一會事？」我急問。

「說來話長。要喫飯，沒有法子。你仍在寫東西嗎？教師是也好久不做了吧。眞難得，會在這裏碰到。不瞞你說，我喫這碗飯已有七八年了，自從那年和你一同離開××中學以後，就飄泊了好幾處地方，這裏一學期，那裏一學期，不得安定，也曾掛了斜皮帶革過命，可是終於生活不過去。你知道，我原是一隻三脚貓，以後就以賣卜混飯了。最初在上海掛牌，住了四五年，前年才到南京來。」

「在上海住過四五年？爲甚麼我一向不曾碰到你，上海的朋友之中也沒有人談及呢？」我問。

「我改了名字，大家當然無從知道了。朋友們又是一向都不信命相的，我喫了這口江湖飯，也無顏去找他們，如果今天你不碰巧看到我，你會知道劉知機就是我嗎？」

我有許多事情想問，不知從何說起。忽然門開了，進來的是二位顧客。一個是戴呢帽穿長袍的，一個是着中山裝的，年紀都未滿三十歲。劉子岐——劉知機丟開了我，滿面春風地立起身來迎上前去，儼然是十足的江湖派。我不便再坐，就把房間號數告訴了他，約他暢談。回到了自己的房間裏。

十年前的中學教師，居然會賣卜？顧客居然不少，而且大都是青年知識階級中人？感慨與疑問亂雲似地在我胸中紛紛疊起。等了許久，劉知機老是不來，叫茶房去問，回說房中尙有好幾個顧客，空了就來。

「對不起！一直到此刻才空。」劉知機來已是黃昏時候了。「難得碰面，大家出去敍敍。」

在秦淮河畔某酒家中覓了一個僻靜的座位，大家把酒暢談。

「生意似很不錯呢。」我打動他說。

「呃，這幾天是特別的。第一種原因，聽說有幾個部長要更動了，部長一更動，人員也當然有變動。你看，××飯店不是客人很擠嗎？第二種原因，暑假快到了，各大學的畢業生都要謀出路，所以我們的生意特別好。」

「命相學當眞可憑嗎？」

「當然不能說一定可憑。不過在現今樣的社會上，命相之說，尙不能說全不足信。你想，一個機關中當科長的，能力是否一定勝過科員？當次長的，能力是否一定不如部長？舉一例說，我們從前的朋友之中，李××已成了主席了。王××學力人品平心而論，遠過於他，革命的功績也不比他差，可是至今還不過一個××部的祕書。還有，一班畢業生數十人之中，有的成績並不出色，倒有出路，有的成績很好，卻無人過問。這種情形除了命相以外，該用甚麼方法去說明呢？有人說，現今喫飯全靠八行書。這在我們命相學上就叫『遇貴人』。又有人挖苦現在貴人們的親親相阿，說是生殖器的聯系。這簡直是窮通由於先天，證明『命』的的確確是有的了。」劉知機玩世不恭地說。

「這樣說來，你們的職業實實在在有着社會的基礎的。哈哈。」

「到了總理的考試制度眞正實行了以後，命相也許不能再成爲職業，至於現在是，有需要有供給，仍是堂堂皇皇的喫飯職業。命相家的身分決不比教師低下，我豫備把這碗江湖飯喫下去哩。」

「你的營業項目有幾種？」

「命相風水，合婚擇日，甚麽都幹。風水與合婚擇日，近來已不行了。風水的目的是想使福澤及於子孫。現今一般人的心理，顧自身顧目前，都來不及，那有餘閒顧到幾十年幾百年後的事呢？至於合婚擇日，生意也淸。摩登青年男女間盛行戀愛同居，婚也不必『合』，日也無須『擇』了。只有命相兩項，現在仍有生意。因爲大家都在急迫地要求出路，尋機會，出路與機會的條件，不一定是資格與能力，實際全靠碰運氣。任憑大家口口聲聲喊『打破迷信』，到了無聊之極的時候，也會瞞了人花幾塊錢來請教我們。在上海，顧客大半是商人，他們所問的是財氣。——在南京，顧客大半是『同志』與學校畢業生，他們所問的是官運。老實說，都無非爲了要喫飯。唯其大家要想喫飯，我們也就有飯可喫了。哈哈……」

劉知機滔滔地說，酒已半醺了，自負之外又帶感慨。

「你對於這些可憐的顧客，怎樣對付他們？有甚麼有益的指導呢？」

「還不是靠些江湖上的老調來敷衍！我只是依照古書，書上怎麼說，就怎麼說。準不準連我自己也不知道。好在顧客也並不打緊，他們的到我這裏來，等於出錢去買香檳票，着了原高興，不着也不至於跳河上吊的。我對他說『就快交運，』『向西北方走，』『將來官至部長，』是給他一種希望。人沒有希望，活着很是苦痛，現社會到處使人絕望，要找希望，恐怕只有到我們這裏來，花一二塊錢來買一個希望，雖然不一定準確可靠，究竟比沒有希望好。在這一點上，我們命相家敢自任爲救苦救難的希望之神。至少在像現在的中國社會可以這樣說。」話愈說愈痛切，神情也愈激昂了。

他的話既詼諧又刺激，我聽了只是和他相對苦笑，對了這別有懷抱的傷心人，不知再提出甚麼話題好？彼此都已有八九分醉意了。

——文學第一卷第一號

竈君與財神

「呀！你不是竈君嗎？」

「對了。好面善！你是那一位尊神？」

「我是財神哪！你怎麼不認識我了？」

「呀！難得在半天裏相會。你一向是手執元寶的，現在怎麼背起槍來了？那手裏拿着的一大卷，又是什麼？」

「因爲武財神近日忙於軍事，所以由我暫時兼代。你知道我們工作上雖分文武，職務都是掌司錢財，原是一而二，二而一的。於是我就成了『有鎗階級』了。手執元寶，那是一直從前的事。近來我老是手執鈔票和公債證劵。你從下界來，難道還不知道廢兩改元已實行長久，市上早無元寶，銀行鈔票的準備金大多數就是公債證劵嗎？」

「哦！原來如此，因爲我終日終年在人家廚房裏過活，不大明白財界的情形如果你不說明，我幾乎不認識你了。」

「你的樣子，也與前大不相同了哩！怎麽這樣瘦了？你日日在廚房裏受人供養，難道還會營養不良嗎？」

「我一向就不像你的大腹便便，近來眞倒霉，自己也知道更瘦得可憐了。連年天災人禍，農村破產已到極度。人民有了早飯沒有夜飯，結果都向都市跑，去過那亭子間及擱樓的日子。這眞叫『倒竈！』竈是簡直沒有了，眠牀，便桶旁擺一個洋油爐或者煤球爐就算是烹調的場所。有的連洋油爐煤球爐都不備，日日咬大餅油條過活。你想，這情形多難堪！回想從前鄉村隆盛時的景象，眞令人不勝今昔之感，我的瘦是應該的。可是也幸而瘦，如果胖得像你一樣，怎麽能局促地蹲在洋油爐煤球爐旁去行使職務啊！」

「你的境遇，說來很足同情。也曾把下界的苦況，向天堂去告訴過了嗎？」

「怎麽不告訴！每年的今日，我都有一次定期的總報告。你看，我現在正背着一大包的册子，這裏面全是下界的實況。可是，天堂的情形，近來也似乎有些異樣了，什麼都作不來主。我雖然每年忠實地把民間疾苦人心善惡報告上去，天堂總是馬馬虎虎，推三阻四地打官話。有時說：『這是洋鬼子在作怪，須行文去和耶穌交涉。』有時說：『交財神核辦。』耶穌那裏的回音如何，不知道。交你核辦的案子，結果怎麼樣？今天恰好碰着你，就乘便請問。」

「也曾有案子移下來過。因爲我實在無法辦，至今還是擱着不動。記得有一次交下一個『善人是富』的指令，還附着一大批善人的名單，——據說是以你的報告爲根據的，——要我負責使他們富起來。這實在令我束手，這種老口號和現在的實際情形根本已不相符合，天堂自身都窮，有什麼錢可送這許多善人？這許多善人們自己又不會謀官做，幹公債投機，買航空奬劵，叫我有什麼方法幫助他們呢？」

「去年今日，我還上過一個提高穀價的提案，天堂沒有發給你嗎？」

「記得似乎有過這麼一回事，詳細記不清楚了。這也不關我事。我從前管領的是元實，現在管領的是鈔票和公債證券。目前是金融資本跋扈的時代，田地不值錢，貨物不值錢，下界最享福的就是那些金融資本家。金融資本是流動的，今天在甲的手裏，明天就可流入乙的手裏。這筆流水賬已把我忙殺了。像穀物價目一類的事怎麼還能兼顧呢？況且這事難得討好，穀價賤了固然大家叫苦，從前米賣二十塊錢一石的那幾年，不是也曾大家叫過苦嗎？」

「近來農村裏差不多分分人家都快倒竈了。你沒有救濟的方法嗎？提高穀價的路既然走不通，那末借外債來恢復農村，如何？」

「我何嘗不這麼想！也曾和地獄裏商量過，可是不行。」

「爲什麼要和地獄商量呢？地獄裏拿得出錢嗎？」

「耶穌曾說過，『富人入天國，比駱駝穿針孔還難。』富人照例是不能進天堂的，都住在地獄裏。所以地獄成了天下最富的地方。我曾和地獄當局者作過好幾次談判，終於因爲他們的條件太苛刻了，事情沒有成功。當此盛唱『打倒不平等條約』的當兒，誰願接受那種屈辱的條件啊！」

「復興農村的口號，近來不是唱得很響嗎？你有機會時也得常到農村裏去看看實際的狀況，看有什麼具體的救濟策沒有？」

「近來，我在都市裏執行職務的時候多，不大到農村裏去。農村衰疲的消息，雖曾聽到，終於沒有工夫去考察。其實，倒竈的何嘗只是農村！都市裏也大大地不景氣哩！你知道，我是管領錢財的，農村愈破壞，錢財愈集中到都市來，我在都市的事務也就更多。公債漲停板或跌停板了，我要到。航空奬劵開奬了，我要到。那裏還顧得到農村？你是每年板定今天上來的，我下去的日子，每年向來是正月初五。可是近來時常要作不定期的奔波，這次的下去，就因爲有許多臨時的事務的緣故。」

「正月初五仍須再下去吧？」

「也許事務多，一直要在下界住到那時候，如果事務完畢了就上來。初五下去不下去，只好再看。現在什麼都是雙包案似地弄不清楚，連正月初五也有兩個了。多麻煩。下界人們眞該死，他們還在一相情願，把肉咧，魚咧，蚶子咧，橄欖咧，喚作元寶，要想用了這些假元寶來騙我手裏的眞元寶呢。——其實我的手裏早已沒有元寶了，哈哈。」

「他們的待遇你，比待遇我不知要好幾倍。我愈弄愈倒竈，你是現代的紅角兒，這世界是你的，多威風啊！」

「那裏的話，我目前已苦於無法應付，並且前途大可悲觀哩。下界嫌我處置得不均，正盛唱着什麽『社會主義』。聽說這種主義，世間已有一處地方在實行了。如果這種主義一旦在我們的下界實現起來，我的地位就將根本搖動，你是管領民食的，前途倒比我安全得多。無論在什麽世界，飯總是非喫不可的囉！」

「未來的事，何必過慮！咿喲！我到天堂還有一半路程，誤時了不好，再會吧。」

「我也有事呢！今日下午公債跌得停板了，明日又是航空獎券開獎之期啊。再會。」

——文學第二卷第一號

談喫

說起新年的行事，第一件在我腦中浮起的是喫。回憶幼時一到冬季，就日日盼望過年，等到過年將屆，就樂不可支。因爲過年的時候，有種種樂趣，第一是喫的東西多。

中國人是全世界善喫的民族。普通人家，客人一到，男主人即上街辦喫，女主人即入廚羅酒漿，客人則坐在客堂裏口磕瓜子，耳聽碗盞刀俎的聲響，等候喫飯。喫完了飯，大事已畢。客人拔起步來說「叨擾，」主人說「沒有甚麼好待你，」有的還要苦留：「喫了點心去，」「喫了夜飯去。」

遇到婚喪慶弔，只是虛文，果腹倒是實在。排場大的大喫七日五日，小的大喫三日一日。早飯，午飯，點心，夜飯，夜點心，喫了一頓又一頓，喫得來不亦樂乎，眞是酒可爲池，肉可成林。

過年了，輪流喫年飯，送食物。新年了，彼此拜來拜去，講喫局。端午要喫，中秋要喫，生日要喫，朋友相會要喫，相別要喫。只要取得出名詞，就非喫不可，而且一喫就了事，此外不必別有甚麼。

小孩子於三頓飯以外，每日好幾次地向母親討銅板，買食喫。普通學生最大的消費，不是學費，不是書籍費，乃是喫的用途。成人對於父母的孝敬，重要的就是奉甘旨。中饋自古占着女子教育上的主要部分。「食不厭精，膾不厭細，」「沽酒，市脯，」「割不正，」聖人不喫。梨子蒸得味道不好，賢人就可以出妻。家裏的老婆如果弄得出好菜，就可以驕人。古來許多名士至於費盡苦心，別出心裁，考案出好幾部特別的食譜來。

不但活着要喫，死了仍要喫。他民族的鬼，只要香花就滿足了，而中國的鬼，仍依舊非喫不可。死後的飯碗，也和活時的同樣重要，或者還更重要。普通人為了死後的所謂「血食，」不辭廣蓄姬妾，豫置良田。道學家為了死後的冷猪肉，不辭假仁假義，拘束一世。朱竹垞寧不喫冷猪肉，不肯從其詩集中删去風懷二百韻的豔詩，至今猶傳為難得的美談，足見冷猪肉犧牲不掉的人之多了。

不但人要喫，鬼要喫，神也要喫，甚至連沒嘴巴的山川也要喫，天地也要喫。有的但喫猪頭，有的要喫全猪，有的是專喫羊的，有的是專喫牛的，各有各的胃口，各有各的嗜好，古典中大都詳有規定，一查就可知道。較之於他民族的對神只作禮拜，他民族的神遠是唯心，中國的神遠是唯物，似乎都是主張馬克思學說的。

梅村的詩道：「十家三酒店，」街市裏最多的是食物鋪。俗語說，「開門七件事，」家庭中最麻煩的不是教育或是甚麽，乃是料理食物。學校裏最難處置的不是程度如何提高，教授如何改進，乃是飯廳風潮。

俗語說得好，只有「兩脚的爺娘不喫，四脚的眠牀不喫。」中國人喫的範圍之廣，眞可使他國人爲之喫驚。中國人於世界普通的食物之外，還喫着他國人所不喫的珍饈：喫西瓜的實，喫鯊魚的鰭，喫燕子的窠，喫狗，喫烏龜，喫蛇，喫狸貓，喫癩蝦蟆，喫癩頭黿，喫小老鼠。有的或竟至喫到小孩的胞衣以及直接從人身上取得的東西。如果能夠，怕連天上的月亮也要挖下來嘗嘗哩。

至於喫的方法，更是五花八門，有烤，有燉，有蒸，有滷，有炸，有燴，有燻，有醉，有炙，有溜，有炒，有拌，眞眞一言難盡。古來儘有許多做菜的名廚司，其名字都和名卿相一樣煊赫地留在青史上。不，他們之中有的並昇到高位，老老實實就是名卿相。如果中國有一件事可以向世界自豪的，那末這並不是歷史之久，土地之大，人口之衆，軍隊之多，戰爭之頻繁，乃是善喫的一事。中國的肴菜已征服了全世界了。有人說，中國人有三把刀為世界所不及，第一把就是廚刀。

不見到喜慶人家掛着的福祿壽三星圖嗎？福祿壽是中國民族生活上的理想。畫上的排列是祿居中央，右是福，壽居左。祿也者，拆穿了說，就是喫的東西。老子也曾說過：「虛其心，實其腹，」「聖人為腹不為目。」喫最要緊，其他可以不問。「嫖賭喫着」之中，普通人皆認喫最實惠。所謂「着威風，喫受用，賭對沖，嫖全空，」甚麼都假，只有喫在肚裏是眞的。

喫的重要，更可於國人所用的言語上證之。在中國，喫字的意義特別複雜，甚麼都會帶了「喫」字來說，被人欺負曰「喫虧，」打巴掌曰「喫耳光，」希求非分曰「想喫天鵝肉，」訴訟曰「喫官司，」中槍彈曰「喫衞生丸，」此外還有甚麼「喫生活，」「喫排頭，」等等。相見的寒暄，他民族說「早安」「午安」「晚安，」而中國人則說「喫了早飯沒有？」「喫了中飯沒有？」「喫了夜飯沒有？」對於職業，普通也用喫字來表示，營甚麼職業就叫做喫甚麼飯。「喫賭飯，」「喫堂子飯，」「喫洋行飯，」「喫教書飯，」諸如此類，不必說了。甚至對於應以信仰爲本的宗教者應以保衞國家爲職志的軍士，也都加喫字於上。在中國，教徒不稱信者，叫做「喫天主教的，」「喫耶穌教的，」從軍的不稱軍人，叫做「喫糧的，」最近還增加了甚麼「喫黨飯」「喫三民主義」的許多新名詞。

衣食住行爲生活四要素，人類原不能不喫。但喫字的意義如此複雜，喫的要求如此露骨，喫的方法如此麻煩，喫的範圍如此廣泛，好像除了喫以外就無別事，也者求之於全世界，這怕只有中國民族如此的了。

在中國，衣不妨汚濁，居室不妨簡陋，道路不妨泥濘，而獨在喫上，卻分毫不能馬虎。衣食住行的四事之中，食的程度，遠高於其餘一切，很不調和。中國民族的文化，可以說是口的文化。

佛家說六道輪迴，把衆生分爲天人，修羅，畜生，地獄，餓鬼六道。如果我們相信這話，那末中國民族是否都從餓鬼道投胎而來，眞是一個疑問。

——中學生第一號

幽默的叫賣聲

住在都市裏，從早到晚，從晚到早，不知要聽到多少種類多少次數的叫賣聲。深巷的賣花聲是曾經入過詩的，當然富於詩趣，可惜我們現在實際上已不大聽到。寒夜的「茶葉蛋」「細砂粽子」「蓮心粥」等等，聲音發沙，十之七八似乎是「老槍」的喉嚨，睏在牀上聽去，頗有些淒淸。每種叫賣聲，差不多都有着特殊的情調。

我在這許多叫賣者中發見了兩種幽默家。

一種是賣臭豆腐干的。每日下午五六點鐘，弄堂口常有臭豆腐干擔歇着或是走着叫賣，擔子的一頭是油鍋，油鍋裏現炸着臭豆腐干，氣味臭得難聞，賣的人大叫「臭豆腐干！」「臭豆腐干！」態度自若。

我以爲這很有意思。「說眞方，賣假藥，」「掛羊頭，賣狗肉，」是世間一般的毛病，以香相號召的東西，實際往往是臭的。賣臭豆腐干的居然不欺騙大衆，自叫「臭豆腐干，」把「臭」作爲口號標語，實際的貨色眞是臭的。如此言行一致，名副其實，不欺騙別人的事情，恐怕世間再也找不出了吧，我想。

「臭豆腐干！」這呼聲在欺詐橫行的現世，儼然是一種憤世嫉俗的激越的諷刺！

還有一種是五雲日昇樓賣報者的叫賣聲。那裏的賣報的和別處不同，沒有十多歲的孩子，都是些三四十歲的老槍癟三，身子瘦得像臘鴨，深深的亂頭髮，青屑屑的烟臉，看去活像是個鬼，早晨是不看見他們的，他們賣的總是夜報，傍晚坐電車打那兒經過，就會聽到一片的發沙的賣報聲。

他們所賣的似乎都是兩個銅板的東西（如新夜報時報號外之類），叫賣的方法很特別，他們不叫「剛剛出版××報，」卻把價目和重要新聞標題聯在一起叫起來的時候，老是用「兩個銅板」打頭，下面接着「要看到」三個字，再下去是當日的重要的國家大事的題目，再下去是一個「哪」字。「兩個銅板要看到十九路軍反抗中央哪！」

在福建事變起來的時候，他們就這樣叫。「兩個銅板要看到剿匪勝利哪！」在剿匪消息勝利的時候，他們就這樣叫。「兩個銅板要看到日本副領事在南京失蹤哪！」藏本事件開始的時候他們就這樣叫。

在他們的叫聲裏任何國家大事都只要化兩個銅板就可以看到，似乎任何國家大事都只値兩個銅板的樣子。我每次聽到，總深深地感到冷酷的滑稽情味。

「臭豆腐干！」「兩個銅板要看到××××哪！」這兩種叫賣者頗有幽默家的風格。前者似乎富於熱情，像個矯世的君子，後者似乎鄙夷一切，像個玩世的隱士。

——太白第二卷第一期

一種默契

走到街上去，差不多每一條馬路上可以見到「關店在卽拍賣底貨」的商店，這些商店之中，有的果然不久就關門了，有的老是不關門，隔幾個月去看，玻璃窗上還是貼着「關店在卽拍賣底貨」的紅紙，無線電收音機在嘈雜地響。

商店號召顧客的策略，向來是用「開幕」「幾周年紀念」「春季」「秋季」或「冬至」等的美名來做廉價的藉口的，現在居然用「關店」的惡名來做幌子了。有的竟異想天開，並不關店，也假冒着關店的惡名。最近在報上看見一家皮貨鋪的「關店大賤賣」的大幅廣告，後面還附登着某律師代表該皮貨鋪淸算的啓事。這大概因爲恐怕別人不信他們的關店是眞正的關店，所以再附一個律師代表淸算的廣告，表明他們眞是要關店了，並不假冒。

在上海，關店的話尋常叫做「打烊」，如果你對某商店的人問「你們晚上幾點鐘關店門？」那店裏的人就會怪你不識相，說不定會給你吃一記耳光。凡是老上海，都懂得這規矩，不說「你們晚上幾點鐘關店門，」改說「你們晚上幾點鐘打烊。」因爲「關店」是不吉利的話。這一向討人厭惡的「關店，」現在居然時髦起來了，關店的坦白地自己聲明「關店，」不關店的也要借了「關店」來號召，甚至還有怕別人不肯相信，在「關店」廣告上叫律師來代表清算，證明關店的實。商業上一向怕提的「關店」一語，到今日差不多已和廢曆除夕所貼的「關門大吉」一樣，是吉祥的用語了。這一個月來，我們日日可以在報上看到關店的廣告，有銀行，有錢莊，有公司，有各式各樣的店。他們所說的話，千篇一律地是「本店受市面不景氣影響，以致周轉不靈……」的一套，說的人態度很坦然，毫不難爲情，我們看的人也認爲很尋常，覺得並無什麼不該。似乎彼此之間，已自然而然地發生了一種的默契了。

這默契如果伸說起來，範圍實在可以擴充得很廣。大學生畢業了沒事做，社會上認爲當然，本人也不覺得有甚麼可怪。工人商人突然失業了，親友愛莫能助，本人也覺得無可如何，只好挨了餓來忍耐。房租好幾個月付不出，住戶及鄰居都認爲常事，房東雖不快，近來也只能遷就，到了公堂上，法官因市面不好，也竟無法作嚴厲的判斷。窮困，走頭無路，已成爲現世的實況，彼此因了境況相似和事實明顯，成就了一種默契。從來的道德習慣等等，在這默契之下，恐將不能再維持牠的本來面目了。

再過幾時，也許「窮」「苦」等可憎的話會轉成時髦漂亮的稱謂呢。

——太白第一卷第一期

聞歌有感

「一來忙，開出窗門亮汪汪；二來忙，梳頭洗面落廚房；三來忙，年老公婆送茶湯；四來忙，打扮孩兒進書房；五來忙，丈夫出門要衣裳；六來忙，女兒出嫁要嫁妝；七來忙，討個媳婦成成雙；八來忙，外孫剃頭要衣裝；九來忙，捻了數珠進庵堂；十來忙，一雙空手見閻王。」

十一歲的阿吉和六歲的阿滿又在唱這俗謠了。阿滿有時弄錯了順序，阿吉給伊訂正。妻坐在旁邊也陪着伊們唱，一壁拍着阿滿，誘伊睡熟。

這俗謠是我近來在伊們口上時常聽到的，每次聽到，每次惆悵，特別在那夏夜的月下，我的惆悵更甚。據說，把這俗謠輸入到我家來的，是前年一個老寡婦的女傭。那女傭的從何處聽來，是不得而知了。

幾年前，我讀了莫泊桑的一生，在女主人公的一生的經過，感到不可言說的女性的世界苦。好好的一個女子，從嫁人，生子，一步一步地陷入到「死」的口裏去。因了時勢和國土，其內容也許有若干的不同，但總逃不出那自然替伊們預先設好了平板的鑄型一步。怪不得賈寶玉在姊妹嫁人的時候要哭了！

「一生」現在早已不讀，并且連書也已散失不在手頭了，可是那女性的世界苦的印象，仍深深地潛存在我心裏，每於見到將結婚或是結婚了的女子，將有兒女或是已有兒女的女子，總不覺要部分地復活。特別地每次聽到這俗謠的時候，竟要全體復活起來，這俗謠竟是中國女性的「一生」！是中國女性「一生」的鑄型！

我的祖母，我的母親，已和一般女性一樣都規規矩矩地忙了一生，經過了這些平板的階段，陷到死的口裏去了！我的妹子，只忙了前幾段，以二十七歲的年紀，從第五段一直跳過到第十段，見閻王去了！我的妻正在一段一段地向這方向走着！再過幾年，眼見得現在唱這歌的阿吉和阿滿也要鑽入這鑄型去！

記得，有一次，我那氣概不可一世的從妹對我大發揮其畢生志願時，我冷笑了說：

「別做夢罷！你們反正是要替孩子抹屎屎的！」

從妹那時對於我的憤怒，至今還記得。後來伊結婚了，再後來，伊生子了，眼見伊一步一步地踏上這階段去！什麼「經濟獨立」「出洋求學」等等，在現在的伊，也已如春夢浮雲，一過便無痕迹。我每見了伊那種憔悴的面容，及管家婆的像煞有介事的神情，幾乎要忍不住下淚，可是伊卻反不覺甚麼。原來「家」的鐵籠，已把伊的野性馴伏了！

易卜生在海得加勒勒中，借了海得的身子，曾表示過反對這桎梏的精神。蘇特曼在故鄉中也曾借了瑪格娜的一生，描寫過不甘被這鐵籠所牢縛的野性。無論世間難得有這許多的海得、瑪格娜樣的新婦女，即使個個都是，結果只是造成了第三性的女子，在社會看來也是一種悲劇。國內近來已有了不少不甘為人妻的「老密斯」和不願為人母的新式夫人。女性的第三性化，似已在中國的上流社會流行開始了！如果給托爾斯泰或愛倫凱女史見了，不知將怎樣歎息啊！

賢妻良母主義雖為世間一部分所詬病，但女性是免不掉為妻與為母的。說女性於爲妻與爲母以外還有爲人的事則可以，說女性既爲了人就無須爲妻爲母，決不成話。既須爲妻爲母，就有賢與良的理想的要求，所不同的只是賢與良的內容解釋罷了。可是無論把賢與良的內容怎樣解釋，總免不掉是一個重大的犧牲，逃不出一個「忙」字！

自然所加給女性的擔負，眞是嚴酷，創世記中上帝對於第一對男女亞當、夏娃的罰，似乎待女性的比待男性的苛了許多。難道眞是因爲女性先受了蛇的誘惑的緣故嗎？抑是女性眞由男性的肋骨造成，根本上地位價值不及男性？

中饋，縫紉，奉夫，哺乳，教養……忙煞了不知多少的女性。在個人自覺不發達的舊式女性，一向沈沒在自然的盲目的性意識裏，千辛萬苦，大半於無意識中經過着，比較地不成問題。所最成問題的是個人自覺已經發展的新女性。個人主義已在新女性的心裏占着勢力了，而性的生活及其結果，在性質上與個人主義卻絕對矛盾。這性與個人主義的衝突，就是構成女性世界苦的本質。故愈是個人自覺發達的新女性，其在運命上所感到的苦痛也應愈強。國內現狀沈滯麻木如此，雖所謂「兒童公育」「母性擁護」等種種夢想的設施還是很遠很遠，無論在口上筆上說得如何好聽，女性在事實上還逃不掉家庭的牢獄。今後覺醒的女性，在這條滿了鐵蒺藜的長路上，將甚樣去掙扎啊！

叫新女性把個人的自覺抑沒了來學那舊式女性的盲目的生活，滅卻自已苦痛嗎？社會上大部分的人們，也許都在這樣想。甚麽「女子教育應以實用為主」，甚麽「新式女子不及舊式女子的能操家政」等種種的呼聲，都是這思想的表示。但我們斷不能贊成此說，舊式女性因少個人的自覺，千辛萬苦，都於無意識中經過，所感到的苦痛，不及新女性的強烈，這種生活，自然是自然的，可是與普通的生活界有何兩樣！如果舊式女性的生活可以讚美，那末動物的生活該更可讚美了。況且舊式女性也未始不感到苦痛，這俗諺中所謂「忙」，不都是以舊式女性為立場的嗎？

一切問題不在事實上，而在對於事實的解釋上，女性的要為妻為母是事實，這事實所給於女性的特別麻煩，因了知識的進步及社會的改良，自然可除去若干，但斷不能除去淨盡。不，因了人類欲望的增加，也許還要在別方面增加現在所沒有的麻煩。說將來的女性可以無苦地爲妻爲母，究是夢想。

我不但不希望新女性把個人的自覺抑沒，寧希望新女性把這才萌芽的個人的自覺發展強烈起來，認爲妻爲母是自己的事，把家庭的經營，兒女的養育，當作實現自己的材料，一洗從來被動的屈辱的態度。爲母固然是神聖的職務，爲妻是爲母的預備，也是神聖的職務，爲母爲妻的痲煩，不是奴隸的勞動，乃是自已實現的手段，應該自己覺得光榮優越的。

「我有男子所不能做的養小孩的本領！」

這是斯德林堡某作中女主人公反抗丈夫時所說的話。斯德林堡一般被稱爲女性憎惡者，但這句話卻足爲女性吐氣的，我們的新女性，應有這自覺的優越感才好。

苦樂不一定在外部的環境，自己內部的態度常占着大部分的勢力。有花草癖的富翁，不但不以晨夕澆灌爲苦，反以爲樂，而在園丁卻是苦役。這分別全由於自己的與非自己的上面，如果新女性不徹底自覺，認爲妻爲母都不是爲己，是替男子作嫁，那末卽使社會改進到如何的地步，女性面前也只有苦，永無可樂的了。

心機一轉，一切就會變樣。海上夫人中愛麗妲因丈夫梵格爾許伊自決去留，說「這樣一來，一切事都變了樣了！」就一變了從前的態度，留在梵格爾家裏死心塌地做後妻，做繼母。這段例話，通常認爲自由戀愛的好結果，我卻要引了作爲心機一轉的例。梵格爾在這以前，並非不愛愛麗妲，可是爲妻爲母的事，在愛麗妲的心裏，總是非常黯淡。後來一轉念間，就「一切都變了樣了！」所謂「煩惱卽菩提，」並不定是宗教上的玄談啊！

婦女解放的聲浪，在國內響了好幾年了。但大半都是由男子主唱，且大半只是對於外部的制度上加以攻擊。我以爲眞正婦女問題的解決，要靠婦女自己設法，好像勞動問題應由勞動者自己解決一樣。而且單從外部的制度下攻擊，不從婦女自己的態度上謀改變，總是不十分有效的。老實說：女性的敵，就在女性自身！如果女性眞已自己覺得自己的地位並不劣於男性，且重要於男性，爲妻產兒養育是神聖光榮的事務，不是奴隸的役使，自然會向國家社會要求承認自己的地位價値，一切問題應早經不成問題了的。唯其女性無自覺，把自己神聖的奉仕，認作屈辱的奴隸的勾當，才致陷入現在的墮落的地位。

有人說，女性現在的墮落，是男性多年來所馴致的。這話當然也不能反對。但我以爲無論男性如何強暴，女性眞自覺了，也就無法抗衡。但看娜拉啊！眞有娜拉的自覺和決心，無論誰做了哈爾茂，亦無可奈何。娜拉的在以前未能脫除傀儡衣裝，並不是由於哈爾茂的壓迫，乃是娜拉自身還缺少自覺和決心的緣故。「小松鼠」「小鳥兒」等玩弄的稱呼，在某一意義上，可以說是娜拉所甘心樂受，自己要求哈爾茂叫伊的啊！

正在爲妻爲母和將爲妻爲母的女性啊！你們正「忙」着或者快要「忙」了。你們在現在及較近的未來，要想不「忙」，是不可能的。你們既「忙」了，不要再因「忙」反屈辱了自己，要在這「忙」裏發揮自己，實現自己，顯出自己的優越，使國家社會及你們對手的男性，在這「忙」裏認識你們的價值，承認你們的地位！

——新女性第七號

對了米萊的「晚鐘」

——關於婦女問題的一感想——

米萊的「晚鐘」在西洋名畫中是我所最愛好的一幅，十餘年來常把牠懸在座右，獨坐時偶一舉目，輒爲神往。雖然所懸的只是複製的印刷品。

蒼茫暮色中，田野盡處隱隱地聳着教會的鐘樓，男女二人拱手俯首作祈禱狀，面前擺着盛了薯的籃籠，鋤鏟及載着穀物袋的羊角車。令人想像到農家夫婦田作已完，隨着教會的鐘聲正在晚禱了預備回去的光景。

我對於米萊的堅苦卓絕的人格與高妙的技巧，不消說原是崇拜的，尤其對於他那作品的多農民題材與畫面的成劇的表現，萬分佩服。但同是他的名作，如「拾落穗」，如「第一步」如「種葡萄者」等等，在我雖也覺得好，不知是甚麼緣故，總不及「晚鐘」

的會使我神往，能吸引我。

我常自己剖析我所以酷愛這畫，這畫所以能吸引我的理由，至最近才得了一個解釋。

畫的鑑賞法，原有種種階段，高明的看布局調子筆法等等，俗人卻往往執着於題材，譬如在中國畫裏，俗人所要的是題着「華封三祝」的竹子，或是題着「富貴圖」的牡丹，而竹子與牡丹的畫得好與不好，是不管的。內行人卻就畫論畫，不計其內容是甚麼，竹子也好，蘆葦也好，牡丹也好，秋海棠也好，只從筆法神韻等去講究去鑑賞。米萊的「晚鐘」，在筆法上當然是無可批評了的。例如畫地是一件至難的事，這作中地的平遠，是近代畫中的典型，凡是能看畫的都知道的。這作的技巧，可從各方面說，如布局色彩等等。但我之所以酷愛這作者，卻不僅在技巧上，倒還是在其題材上。用題材來觀畫雖是俗人之事，我在這裏卻願作俗人而不辭。

米萊把這畫名曰「晚鐘」，那末題材不消說是有關於信仰了，所畫的是耕作的男女，就暗示着勞動，又，這一對男女一望而知爲協同的夫婦，故幷暗示着戀愛。信仰，勞動，戀愛，米萊把這人間生活的三要素在這作中用了演劇的舞臺面式展示着。我以爲，我敢自承，我所以酷愛這畫的理由在此。這三種要素的調和融合，是人生的理想，我的每次對了這畫神往者，並非在憧憬於畫，只是在憧憬於這理想。不是這畫在吸引我，是這理想在吸引我。

信仰，勞動，戀愛，這三者融和一致的生活才是我們的理想生活。信仰的對象是宗教。關於宗教原也有許多想說的話。可是宗教現在正在倒霉的當兒，有的主張以美學取而代之，有的主張直截了當地打倒。爲避免麻煩計，姑且不去講他，單就勞動與戀愛來談談吧。

勞動與戀愛的一致，是一切男女的理想，是兩性間一切問題的歸趨。特別地在現在的女性，是解除一切糾紛的鎖鑰。

「不勞動者不得食，」這雖是共產黨的話，確是人間生活無可逃免的鐵則；無論男女女性地位的下降，實由於生活不能獨立，普通的結婚生活，在女性都含有屈辱性與依賴性。在現今，這屈辱與依賴，與階級的高下卻成為反比例。因為，下層階級的婦女不像太太地可以安居坐食，結果除了做性交機器以外，雖然並不情願，還須幫同丈夫操作，所以在家庭裏的地位較上流或中流的婦女為高。我們到鄉野去，隨處都可見到合力操作的夫婦，而在都會街上除了在黎明和黃昏見到上工廠去的女工外，日中卻觸目但見著旗袍穿高跟皮鞋的太太們姨太太們或候補太太們與候補姨太太們！

不消說，下層婦女的結婚在現今也和上流中流階級的婦女一樣，大概不由於戀愛，是由於強迫或賣買的。不，下層婦女的結婚其為強迫的或賣買的，比之上流中流社會更來得露骨。她們雖幫同丈夫在田野或家庭操作，原未必就成米萊的畫材。但我相信，如果她們一旦在戀愛上覺醒了，她們的營戀愛生活，要比上流中流的婦女容易得多，基礎牢固得多。不管上流中流的女性識得字，能讀戀愛論，能談戀愛，能講社交。

但看娜拉吧，娜拉是近代婦女覺醒第一聲的刺激，凡是新女子差不多都以娜拉自命着。但我們試看未覺醒以前的娜拉是怎樣？她購買聖誕節的物品超過了預算丈夫赫爾茂責她：

「這樣浪費是不行的！」

「眞眞有限哩，不行？你不是立刻就可以有大收入了嗎？」

「那要新年才開始，現在還未哩！」

「不要緊，到要時不是再可以借的嗎？」

「你眞太不留意！如果今日借了一千法郎在聖誕節這幾日中用盡了，到新年的第一日，屋頂跌下一塊瓦來，落在我頭上把我磕死了……」

「不要說這種嚇死人的不祥語。」

「喏，萬一眞有了這樣的事，那時怎樣？」

赫爾茂這樣詰問下去，娜拉也終於弄到悄然無言了。赫爾茂倒不忍起來，重新取出錢來討她的好，於是娜拉也就在「我的小鳥」咧，「小栗鼠」咧的玩弄的愛呼聲中，繼續那平凡而安樂的家庭生活。這就是覺醒前的娜拉的正體。及覺醒了，出家了，劇也就此終結。娜拉出家以後的情形，是值得我們思索的。於是「娜拉仍囘來嗎？」終於成了有趣味的一個問題。魯迅先生曾有過一篇娜拉走後怎樣的文字。

覺醒後的娜拉，我們不知道其生活怎樣，至於覺醒以前的娜拉，我們在上流中流的家庭中，在都會的街路上都可見到的。現在的上流中流階級，本是消費的階級，而上流中流階級的女性，更是消費階級中的消費者。她們喜虛榮，思享樂。她們未覺醒的，不消說正在做「小鳥」做「栗鼠」，覺醒的呢，也和覺醒後的娜拉一樣，向那裏走，還成爲一個問題，還是一個費人猜度的謎。

上流中流階級的女性，物質的地位無論怎樣優越，其人格的地位實遠遜於下層階級的女性，而其生活亦實在慘淡。她們常被文學家攝入作品裏作爲文學的悲慘題材。娜拉不必說了，此外如莫泊桑的一生，如佛羅倍爾的波華荔夫人，如托爾斯太的安娜卡列尼那等都是。莫泊桑在一生所描寫的是一個因了愚蠢獸欲的丈夫虛度了一生的女性，佛羅倍爾的波華荔夫人與托爾斯太的安娜卡列尼那，其女主人公都是因追逐不義的享樂的戀愛而陷入自殺的末路的。她們的自殺，不是壯烈的爲情而死的自殺只是一種慚愧的懺悔的做人不來了的自殺。前者固不能戀愛，後二者的戀愛，也不是有底力的光明可貴的戀愛。只是一種以官能的享樂爲目的的奸通而已。而她們都是安居於生活無憂的境遇裏的女性。

在中國的歷史上，有一對我所佩服的戀愛男女。就是司馬相如與卓文君，我不佩服他們別的，佩服他們的能以貴族出身而開酒店，男的著犢鼻褌，女的當鑪。（雖然有人解釋，他們的行爲，是想騙女家的錢。）我相信，男女要有這樣刻苦的決心，然後可談戀愛，特別地在女性。女性要在戀愛上有自由，有保障，非用了勞動去換不可。未入戀愛未結婚的女性，因了有勞動能力，才可以排除種種生活上的荊棘踏入戀愛的途程，已有了戀愛對手的女性，也因了有勞動的能力，作現在或將來的保證。有了勞動自活的能力，然後對己可有眞正戀愛不是賣淫的自信。

我所謂勞動者，並非定要像「晚鐘」中的耕作或文君的當鑪。凡是有益於社會的工作，不論是勞心的勞力的都可以。家政育兒當然也在其內。在這裏所當連帶考察的就是婦女職業問題了。

婦女的職業，其成爲問題，實在機械工業勃興家庭工業破壞以後。工業革命以來，下層階級的農家婦女或可仍有工作，至於中流以上的婦女，除了從來的家庭雜務以外，已無可做的工作。家庭雜務原是少不來的工作，尤其是育兒在女性應該自詡的神聖的工作，可是家庭瑣務是不生產的，因此在經濟上，女性在兩性間的正當的分業不被男性所承認，女性僅被認爲男性的附贅物，女性亦不得不以附贅物自居，積久遂在精神上養成了依賴的習性，在境遇上落到屈辱的地位。

要想從這種屈辱解放，近代思想家曾指出絕端相反的兩條路：一是教女性直接去從事家事育兒以外的勞動，與男性作經濟的對抗；一是教女性自信家事育兒的神聖，高唱母性，使男性及社會在經濟以外承認女性的價值。主張前者的是紀爾曼夫人，主張後者的是托爾斯太與愛倫凱。

這兩條絕端相反的道路，教女性走那一條呢？眞理往往在兩極端之中，能兩者調和而不衝突，不消說是理想的了。近代職業有着破壞家庭的性質，無可諱言，但因了職業的種類與制度的改善，也未始不可補救於萬一。婦女職業的範圍，應該從種種方向擴大，而關於婦女職業的制度，尤須大大地改善。因爲，職業的妨害母性，其故實由於職業不適於女性，並非女性不適於職業。現代的職業制度實在太壞，男性尙且有許多地方不能忍受，何況女性呢？現今文明各國已有分娩前後若干週的休工的法令和日間幼兒依托所等的設施了。甚望能以此爲起點，逐漸改善。

在都市中每於淸晨及黃昏見到成了羣提了食筐上工場去的職業婦女，我不禁要爲之一蹙額，記起托爾斯太的歎息過的話來。但見到那正午才梳洗下午出外乂麻雀的太太或姨太太們，見到那向戀人請求補助學費的女學生們，或是見到那被丈夫遺棄了就走頭無路的婦人們，更覺得憤慨，轉暗暗地替職業婦女叫勝利，替職業婦女祝福了。

體力勞動也好，心力勞動也好，家事勞動也好，在與母性無衝突的家外勞動也好。「不勞動者不得食，」原是男女應該共守的原則，我對於女性，敢再妄補一句：「不勞動者不得愛！」

美國女作家阿利符修拉伊娜在其所著的書裏有這樣的一章：

我曾見到一個睡着的女性，人生到了她的枕旁，兩手各執着贈物。一手所執的是「愛，」一手所執的是「自由。」叫女性自擇一種。她想了許多時候，選了「自由。」於是人生說：「很好，你選了『自由』了。如果你說要取『愛，』那我就把『愛』給了你立刻走開永久不來了。可是，你卻選了『自由，』所以我還要重來，到重來的時候，要把兩種贈物一齊帶給你哩！」我聽見她在睡中笑。

要愛，須先獲得自由。女性在奴隸的境遇之中，決無眞愛可言。這原則原可從種種方面考察，不但物質的生活如此。女性要在物質的生活上脫去奴隸的境遇，獲得自由，勞動實是唯一的手段。

愛與勞動的一致融合，眞是希望的男女都應以此爲理想，這裏只側重於女性罷了。我希望有這麼一天：女性能物質地不作男性的奴隸，在兩性的愛上，劃盡那寄食的不良分子，實現出男女協同的生產與文化。

對了「晚鐘，」忽然聯想到這種種。「晚鐘」作於一八五九年。去今已快七十年了。近代勞動情形，大異從前，米萊又是一個農民畫家，偏寫當時鄉村生活的，要叫現今男女都作「晚鐘」的畫中人，原是不能夠的事。但當作愛與勞動融合一致的象徵，是可以千古不朽的。

——新女性第三十二號

誤用的並存和折中

從小讀過中庸的中國人，有一種傳統的思想和習慣，凡遇正反對的東西，都把他並存起來，或折中起來，意味的有無是不管的。這種怪異的情形，無論何時何地，都可隨在發見。

已經有警察了，敲更的更夫依舊在城市存在，地保也仍在各鄉鎮存在。已經裝了電燈了，廳堂中同時還掛着錫製的「滿堂紅」。劇場已用布景，排着布景的桌椅了，演劇的還坐布景的椅子以外的椅子。已經用白話文了，有的學校，同時還教着古文。已經改了陽曆了，陰曆還在那裏被人沿用。已經國體共和了，皇帝還依然住在北京，……這就是所謂並存。

如果能「並行而不悖，」原也不妨。但上面這樣的並存，其實都是悖的。中國人在這裏，有一個很好的方法，來掩飾其悖。使人看了好像是不悖的。這方法是甚麼？就是「巧立名目。」

有了警察以後，地保就改名「鄉警」了，行了陽曆以後，陰曆就名叫「夏正」了。改編新軍以後，舊式的防營叫做「警備隊」了，明明是一妻一妾，也可以用什麼叫做「兩頭大」的名目來並存，這種事例，舉不勝舉，實在滑稽萬分。現在的督軍制度，不就是以前的駐防嗎？總統不就是以前的皇帝嗎？都不是在那裏借了巧立的名目來與「民國」並存的嗎？以彼例此，我們實在不能不懷疑了！

至於折中的現象，也到處都是，醫生用一味冷藥，必須再用一味熱藥來防止太冷，髮辮翦去了，有許多人還把辮子底根盤留着，以爲全體翦去也不好。除少數的都會的婦女外，鄉間做母親的，有許多還用了「太小不好，太大也不好」的態度，替女兒纏成不大不小的中脚。「某人的話是對的，不過太新了，」「不新不舊，」也和「不豐不儉，」「不亢不卑，」……一樣，是一般人們底理想！「於自由之中，仍寓限制之意，」「法無可恕，情有可原，」……這是中國式的公文格調！「不可太信，不可太不信，」這是中國人底信仰態度！

這折中的辦法，是中國人的長技，凡是外來的東西，一到中國人底手裏，就都要受一番折中的處分。折中了外來的佛教思想和中國固有的思想，出了許多的「禪儒」，幾次被他族征服了，卻幾次都能用折中的方法，把他族和自己的種族弄成一樣；這都是歷史上中國人底奇蹟！

「中西」兩個字，觸目皆是：有「中西藥房」，有「中西旅館」，有「中西大菜」，有「中西醫士」，還有中西合璧的家屋，不中不西的曼陀派的仕女畫！討價一千，還價五百，再不成的時候，就再用七百五十的中數來折中，這不但買賣上如此，到處都可用爲公式。甚麽「妥協」，甚麽「調停」，都是這折中的別名。中國眞不愧爲「中」國哩！

在這並存和折中主義跋扈的中國，是難有澈底的改革，長足的進步的希望的。變法幾十年了，成效在那裏？革命以前與革命以後，除一部分的男子剪去辮髮，把一面黃旗換了五色旗以外，有什麼大分別？遷就復遷就，調停復調停，新的不成，舊的不成，即使再經過多少的年月，恐怕也不能顯著地改易這老大國家底面目吧！

我們不能不詛咒古來「不爲已甚」的教訓了！我們要勸國民喫一服「極端」的毒藥，來振起這祖先傳來的宿疾！我們要拜託國內軍閥：「你們如果是要作孽的，務須快作；務須作得再厲害一點！你們如果是卑怯的，務須再卑怯一點！」我們要懇求國內的政客：「你們底政治（？）應該極端才好！要制憲嗎？索性制憲！要聯省自治嗎？索性聯省自治！要復辟嗎？復辟也可以！要賣國嗎？爽爽快快地賣國就是了！」我們希望我國軍閥中，有拿破崙那樣的人，我們希望我國政治家中，有梅特涅那樣的人。辛亥式的革命，袁世凱式的帝制，張勳式的復辟，南北式的戰爭，和忽而國民大會，忽而人民制憲，忽而聯省自治等類不死不活不痛不癢的方子，愈使中華民國底毛病陷入慢性。我們對於最近的奉直戰爭，原希望有一面倒滅的，不料結果仍是一個並存的局面，仍是一個折中的覆轍！

社會一般的心裏，都認執拗不化的人爲癡呆，以模稜兩可，不爲已甚的人爲聰明，中國人實在比一切別國的人來得聰明!同是聖人,中國底孔子,比印度棄國出家的釋迦聰明得多;比猶太底爲門徒所賣身受磔刑的耶穌也聰明得多哩!關於現在,國民比聰明的孔子更聰明了!

我希望中國有癡呆的人出現!沒有釋迦耶穌等類的太癡呆,也可以;至少像托爾斯泰,易卜生等類的小癡呆是要幾個的!現在把癡呆的易卜生底呆話,來介紹給聰明的同胞們吧!

「不完全,則寧無!」

——東方雜誌第十九卷第十號

知識階級的運命

一

近來階級意識猛然擡頭，有種種的階級的名稱，其中一種叫做知識階級。

知識階級是甚麼？如果依照了唯物的社會主義論者的口吻來說，世間只有「勃爾喬」與「普洛列太里亞」兩種階級，別沒有甚麼可謂知識階級了的。我國古來分人爲四種，叫做「士農工商」，知識階級，似乎就是古來的所謂士，但古來的士，人數不多，向未成爲一階級，並且古代封建制度倒壞已久，現在要想依照士的地位來生活，斷不可能。任憑你討老婆用「士婚禮」，父母死了用「士喪禮」，父親根本地不是大夫，你也沒有世祿，將如何呢？

知識階級的正體，實近於幽靈，難以捉摸。說他是無產者呢，其中卻有每小時十元出入汽車的大學教授展覽會中一幅油畫要售數千金（雖然大家買不起，從無銷路）的畫家，出洋回國掛博士招牌的學者，說他是資本家呢，其中又有月薪十元不足的小學教師，被人奴畜的公署書記，每幾字售一個銅板的文丐。知識階級之中，實有表層中層與底層之別，同一教育者，大學教授（野雞大學當然不在其內）是上層，小學教師是下層，同一文人，月收版稅數千元或數百元的是上層，每千字售二三元的是下層，上層的近於資本家或正是資本家，下層的近於無產階級或正是無產階級。

就廣義言，不管上層與下層，都可謂之知識階級，就狹義言，所謂知識階級者實僅指下層的近於無產階級或正是無產階級的人們。因爲在上層的人數不多，並不足形成一階級的。

爲劃淸範圍計，姑且下一個知識階級的定義如下。

所謂知識階級者，是曾受相當教育，較一般俗人有學識趣味與一藝之長的人們，學校教員，牧師，畫家，醫師，新聞記者，公署職員，文士，工場技師，都是這類的人物，現在中學以上的學生，就是其候補者。

二

「儒冠誤人，」知識階級的失意，原是古已有之的事。可是古來知識階級究曾有過優越的地位，「萬般皆下品唯有讀書高，」太遠的事且不談，二十年以前，秀才到法庭，就無須下跪，可以不打屁股的。光緒中葉，「洋務」大興，科舉初廢，替以學堂，略諳ABCD粗知加減乘除，就可睥睨一世自詡不凡，羣衆視留學生如神人，速成科出身的留學生，升官發財，爬上資本家的地位者儘多。當時知識階級（其實有許多是無知階級）的被優遇，眞是千載一時的了。「重賞之下，必有勇夫，」於是學校漸以林立，做父兄的不惜負了債賣了產令子弟求學，預備收一本萬利之效，做子弟的亦鄙農工商而不爲，鯽魚也似地奔向中學或大學去，官立學校容不下了，遂有許多教育商人出來開設許多商店式的中學或大學，三年以前，只上海一區，就有大學三十八所，每逢星期，路上觸目可見到著皮鞋洋服掛自來水筆的學生。懿歟盛矣！

但世間好事是無常的，知識階級的所以受歡迎，實由於數目的稀少，金剛石原是貴重的東西，如果隨處隨時產出，就要不值世人一顧了。全國教育誠不能算已發達，中等以上的畢業生，年年產數當不在少數，單就上海一隅說，專門或大學畢業生可得幾千。全國合計，應有幾萬吧。這每年幾萬的知識階級，他們到那裏去呢？有錢有勢的不消說會出洋，出洋最初是到日本，十五年前流行的是到美國，現在則一致赴法蘭西了。出洋諸君一切問題，倘在成了博士回國以後，暫且擱在一邊，當面所要考察的是無力鍍金留在本國的諸君的問題。

不論是習農的習商的習工的或是習甚麼的，在中國現今，知識階級的出路，只有兩條康莊大道，一是從政，一是教書。不信，但看事實！中國已有不少的農科畢業生了。試問全國有若干區的農場？已有不少的工科畢業生了，試問夠得上近代工業的工廠有幾處？至於商業，原是中國人素所自豪的行業，但試問公司銀行中店員，是經理股東的親戚本家多呢，還是商科畢業生多？於是乎，知識階級的諸君，只好從政與教書了。從政比較要有手腕，教書比較要有實力，那末無手腕無實力的諸君怎樣呢？

友人子愷的漫畫集中曾有一幅叫做畢業後的，畫着一西裝少年叉手枯坐壁間懸着大學畢業證書。這雖是近於刻毒的諷刺，但實際上這樣畫中人恐到處皆是吧。

民十三年上海郵局招考郵務員四十人，應試者逾四千人，我有一個朋友曾畢業於日本東京高師英語部的，亦居然去與試，取錄是取錄了，還須候補。這位朋友未及補缺已於去年死了。去年之秋，上海某國立大學招考書記七人，而應試者至百六七十人之多，我曾從做該校教授的朋友某君處看到他們的試卷與相片履歷，文章的過得去不消說，字體的工整，相貌的漂亮，都不愧為知識階級，其履歷有曾從法政專門畢業做過書記官的，有曾在某大學畢業的，有曾在師範學校畢業做過若干年的小學教師的，我那時不禁要歎惋了說：「斯文掃地盡矣！」

三

找不着飯碗的知識階級，其沈淪當然可憫，那末現有着位置的知識階級，其狀況可以樂觀了嗎？決不，決不！

先試就了現在知識階級的出路從政與教書來說吧。除了法政學校學校概無做官的科目，知識階級的從政，原是牛頭不對馬嘴，飢不擇食的事。大官當然是無望的，有奧援而最漂亮的夠得上祕書或科長，其餘的幸而八行書有效，也只好屈就爲科員或僱員之類。姑不論「等因」「准此」工作的無趣味，政潮一動，飯碗亦隨而動搖，年前各軍政機關的政治部被解散時，幾百幾千的掛斜皮帶的無鎗階級的青年，立時風流雲散，弄得不湊巧，有的還要枉受嫌疑，不能保其首領哩！教書比較地工作苦些，地位似也應安穩些，但實際，教育隨政潮而變動，結果這裏一年，那裏半年，也會使你像孔子地「席不暇暖，」還有欠薪咧，風潮咧等類的麻煩。其他，如新聞記者，如書肆編輯，表面上雖都是難得的差強人意的職業，實際卻極無聊。百元左右的薪水，已算了不得，在都會生活中要養活一家很是拮据，結果書肆和報館也許大賺了錢，而記者編輯先生們卻只會一日一日地貧窮下去。

現在中國知識階級的狀況，眞是慘澹，實業的不發達，政治的不安，結果各業凋敝，而首當其衝的，就是那附隨各業靠月薪過活的知識階級，無職的謀職難，未結婚的求偶難，有子女的子女教育經費難，替子女謀職業難，難啊難啊，難矣哉，知識階級的人們！

四

凡是一階級，必有一階級的階級意識，知識階級的階級意識是甚麼？這是值得考察的。

有一次，我去赴朋友的招宴，那朋友是研究藝術的，同座有一位他的親戚新由投機事業發財的商人。席間那朋友與商人有一段對話。

「你發了財了，預備怎麼樣？」

「我恨得無錢苦，預備從此也享些福。」

「有了錢就可享福了嗎？」

「那自然可以住好的，著好的，喫好的，要字畫要古董，都可立刻辦到你前次不是歎吳昌碩的畫好，可惜買不起嗎？」

「我勸你別妄想享福，還是專門去弄錢吧。」

「為甚麼我不能享福？」

「享福不是容易的事，譬如住，你大概所希望的只是七間三進的大廈吧，那種大廈並不一定好看的。」

「那我會請工程師打樣，還要布置一個好好的花園哩！」

「工程師所打的樣子，究竟好不好，你要判別也不容易，即使那樣子在建築藝術上本是好的，也得有賞鑑能力的才會賞鑑。你方才說起吳昌碩的畫，有錢的原可化幾十塊錢買一幅掛在屋子裏。但在無賞鑑能力的人，無從知道他的妙處好處，只知道值幾十塊錢而已。那豈不是只要在壁上糊幾張鈔票就好了嗎？」

那朋友這番話說得那新發財的商人俯首無言，我在旁聽了暗暗稱快，爲之浮一大白。同時並想到這就是知識階級共通的階級意識。

「長揖傲公卿」「彼以其富，我以其仁，彼以其爵，我以其義。」知識階級的睥睨富貴，自古已然。這血統直流到現在毫無改變。今日的知識階級一方面因自己尙未入無產階級，對於體力勞動者有着優越感，一方面又因了自己的知識教養與資本家挑戰。「守財奴，」「俗物，」是知識階級用以攻擊資本家的標語，「窮措大」「寒酸，」是資本家用以還攻的標語。

五

這「金力」與「知力」的抗爭，究竟孰勝孰負呢？在從前，原是勝負互見，而大衆的同情卻都注意於知力的一方。往昔的傳說小說戲劇中，以這抗爭作了題材而把勝利歸諸知力，把金力詛咒者很多。名作如桃花扇，通俗本如珍珠塔都曾把萬斛的同情注於知識階級的。

可是現在怎樣？

現在是黃金萬能的時代了。黃金原是自古高貴的東西，不過在從前物質文明未發達時，生活上的等差不如現今之甚，有錢的住樓房，無錢的住草舍，有錢的夏天搖有字畫的紙扇，無錢的搖蒲扇，一樣有住，一樣得涼，雖相差而不甚遠，所以窮人還有窮標可發。現在是，有錢的住高大洋房，無錢的睏水門汀了，有錢的坐汽車兜風，房子裏裝冷氣管，無錢的汗流浹背地拉黃包車，連搖蒲扇的餘暇都沒有了。有錢者如彼，無錢者如此，見了錢怎不低頭呢！知識階級雖無錢，但尙未墮入無產的體力勞動者隊裏去，一方恐失足為體力勞動者，一方又妄思藉了甚麼機會一躍而為準資本家，於是轉輾爭扎，不得不終年在苦悶之中。他們要顧體面，要保持威嚴，體力不如勞動者，職業又不如勞動者的易得，眞是進退維谷的可憐的動物。

因此，知力對金力的爭抗，陣容不得不改變了。所謂「士氣」已逐漸消失，我那朋友對那新發財的商人的態度，原是知識階級以知力屈服金力的千古祕傳，可是在現在究只是無謂的豪語而已。畫家的畫，無論怎樣名貴，有購買力的是富人，文學者的作品如不迎合社會一般心理，雖傑作亦徒然。所以，在現在，一切知識階級都已屈服於金力之下，一字不識的軍閥，可以使人執筆打四六文的電報，胸無半點丘壑的俗物，可以令人佈置幽勝的亭園，文士與亭園意匠師，同時亦不得不殉了「金力」的要求，昧了良心把其主張和藝術觀改換面目。

現在的理想人物，不是名流，不是學者，是富人。官僚的被尊敬，並不因其是官僚，實因其是未來的富人。知識階級的上層的所謂博士之類，其所以受社會崇拜，並不因其學問淵博，實因其本是富人（窮人是斷不會成博士的）或將來有成富人的希望。如果叫桃花扇珍珠塔等的作者在現在，再寫起作品來，恐亦不會抹殺了事實，作一想情願的老格套，把美麗的女主人公嫁給名流或窮措大了。不信，但見當世漂亮的小姐們的趨向！

六

知識階級的地位已墮落至此，他們將何以自救呢？他們曾「武裝起來」了嗎？他們的武器是甚麼？

他們不如資本家的有金力，又不如勞動者的有暴力，他們的武器有二，一是筆，一是口。他們的戰略，只是宣傳。「處士橫議，」孟子也曾畏懼他們的戰略，秦始皇至於用了全力來對付他們，似乎很是可怕的東西。但當時之所謂士者，性質單純，不如現今知識階級分子的複雜，當時的金力也不如今日之有威嚴，今日的知識階級，欲其作一致的宣傳，是不可能的，一方貼標語呼口號要打倒誰，一方卻在反對地貼標語呼口號要擁護誰，正負相消，結果雖不等於零，效用也就無幾。並且，知識階級無論替任何階級宣傳，個人也許得一時的好處，對於其階級本身，往往不但無益而且有損的。例如五四以後，知識階級替勞動者宣傳，所謂「勞動運動」者就是。但其實，那不是「勞動運動，」是「運動勞動，」如果有一日勞動者眞覺醒了，眞正的「勞動運動」實現以後，知識階級的地位怎樣？不消說是愈不堪的。我並不勸人別作勞動運動，利害自利害，事實自事實，無法諱飾的。左傾的宣傳得不到好處，那末作右傾的宣傳如何？知識階級已成了金力的奴隸，再作右傾的宣傳，金力的暴威將愈咄咄逼來，當然更是不利於其階級本身的了。

知識階級有其階級意識，確是一個階級，而其戰鬬力的薄弱，實是可驚。他們上層的大概右傾，下層的大概左傾，右傾的不必說，左傾的也無實力。他們決不能與任何階級反抗，只好獻媚於別階級，把秋波向左送或向右送，以苟延其殘喘而已。他們要待其子或孫，墮入體力勞動者時才脫離這境界，但到那時，他們的階級也已早不存在了。

七

如果有人問知識階級何以有此厄運？我回答說：這是他們的運命！不但中國如此，全世界都如此。法學士的充當警察，是日本所常有的。

友人章克標君新近以其所譯莫泊桑的水上見贈，其中有一處描寫律師或公署的書記的苦況的（頁一二一——一二二）摘錄數節於下。

「啊！自由！自由！唯一的幸福，唯一的希望，唯一的夢幻，在一切可憐的存在中，在一切種類的個人中，在一切階級的勞工中，在爲了每日的生活而惡戰苦鬬的人們之中，這一類人是最可嘆了，是最受不到天惠的了。

「……………………………………

「他們下過學問上的工夫，他們也懂得些法律，他們也許保有學士的頭銜。

「我曾經怎樣地切愛過 Jules Vallés 的奉獻之詞：

「『獻呈給一切受了拉丁希臘的教養而餓死的人。』

「曉得那些可憐的人們的收入麼？每年八百乃至一千五百法郎！

「陰暗的辯護士辦公室的傭人，廣大的公署中的雇員，啊，你們每朝不得不在那可怕的牢獄之門上，讀但丁（Dante）的名句：

『捨去一切的希望，你們進來的人啊！』

「第一次進這門的時候，祇有二十歲留在這裏，等到六十歲或在以上，這長期間的生活，毫無一點變動，全生涯始終一樣，在一隻堆滿綠色紙夾的桌子，昏暗的桌子邊過去了。他們進來是在前程遠大的青年時代。出去的時候，老到近於要死了。我們一生中所造作的一切，追憶的材料，意外的事件，歡喜或悲哀的戀愛，冒險的旅行，一切自由生涯中所遭際的，這一類囚人都不知道的。」

這雖是描寫書記的，但對於大部分的知識階級，如學校教師，如新聞記者，如書肆編輯，如官署僚友等，不是都也可照樣移贈了嗎？

現在或未來的知識階級諸君啊，珍重！

——一般第十七號

「子愷漫畫」序

新近因了某種因緣，和方外友弘一和尙（在家時姓李字叔同）聚居了好幾日，和尙未出家時曾是國內藝術界的先輩，披剃以後，專心念佛，見人也但勸念佛，不消說，藝術上的話是不談起了的。可是我在這幾日的觀察中，卻深深地受到了藝術的刺激。

他這次從溫州來寧波，原預備到了南京再往安徽九華山去的。因爲江浙開戰，交通有阻，就在寧波暫止，掛褡於七塔寺。我得知就去望他。雲水堂中住着四五十個遊方僧。鋪有兩層，是統艙式的。他住在下層，見了我笑容招呼，和我在廊下板凳上坐了，說：

「到寧波三日了。前兩日是住在某某旅館（小旅館）裏的。」

「那家旅館不十分淸爽罷。」我說。

「很好！臭蟲也不多，不過兩三隻。主人待我非常客氣呢！」

他又和我說了些在輪船統艙中茶房怎樣待他和善，在此地掛褡怎樣舒服等等的話。

我惘然了。繼而邀他明日同往白馬湖去小住幾日，他初說再看機會，及我堅請，他也就忻然答應。

行李很是簡單，鋪蓋竟是用粉破的席子包的。到了白馬湖後，在春社裏替他打掃了房間，他就自己打開鋪蓋，先把那粉破的席子丁寧珍重地鋪在牀上，攤開了被，再把衣服捲了幾件作枕。拿出黑而且破得不堪的毛巾走到湖邊洗面去。

「這手巾太破了，替你換一條好嗎？」我忍不住了。

「那裏！還好用的，和新的也差不多。」他把那破手巾珍重地張開來給我看，表示還不十分破舊。

他是過午不食了的。第二日未到午，我送了飯和兩碗素菜去（他堅說只要一碗的，我勉強再加了一碗），在旁坐了陪他。碗裏所有的原只是些萊菔白菜之類，可是在他卻幾乎是要變色而作的盛饌，丁寧喜悅地把飯划入口裏，鄭重地用筷夾起一塊萊菔來的那種了不得的神情，我見了幾乎要下歡喜慚愧之淚了！

第二日，有另一位朋友送了四樣菜來齋他，我也同席。其中有一碗鹹得非常的，我說：

「這太鹹了！」

「好的！鹹的也有鹹的滋味，也好的！」

我家和他寄寓的春社相隔有一段路，第三日，他說飯不必送去，可以自己來喫，且笑說乞食是出家人的本等的話。

「那末逢天雨仍替你送去罷。」

「不要緊！天雨，我有木屐哩！」他說出木屐二字時，神情上竟儼然是一種了不得的法寶。我總還有些不安。他又說：

「每日走些路，也是一種很好的運動。」

我也就無法反對了。

在他，世間竟沒有不好的東西，一切都好，小旅館好，統艙好，掛搭好，粉破的席子好，破舊的手巾好，白菜好，萊菔好，鹹苦的蔬菜好，跑路好，甚麼都有味，甚麼都了不得。

這是何等的風光啊！宗教上的話且不說，瑣屑的日常生活到此境界，不是所謂生活的藝術化了嗎？人家說他在受苦。我卻要說他是享樂。我當見他喫萊菔白菜時那種愉悅丁寧的光景，我想：萊菔白菜的全滋味，眞滋味，怕要算他才能如實嘗得的了。對於一切事物，不爲因襲的成見所縛，都還他一個本來面目，如實觀照領略，這才是眞解脫，眞享樂。

藝術的生活，原是觀照享樂的生活。在這一點上，藝術和宗教實有同一的歸趨。凡爲實利或成見所束縛，不能把日常生活咀嚼玩味的，都是與藝術無緣的人們。眞的藝術，不限在詩裏，也不限在畫裏，到處都有，隨時可得。能把他捕捉了用文字表現的是詩人，用形及五彩表現的是畫家。不會做詩，不會作畫，也不要緊，只要對於日常生活有觀照玩味的能力，無論誰何，都能有權去享受藝術之神的恩寵。否則雖自號爲詩人畫家，仍是俗物。

與和尙數日相聚，深深地感到這點。自憐囫圇吞棗地過了大半生，平日喫飯着衣，何曾嘗到過眞的滋味！乘船坐車，看山行路，何曾領略到眞的情景！雖然願從今留意，但是去日苦多，又因自幼未曾經過好好的藝術教養，卽使自己有這個心，何嘗有十分把握！言之憮然！

正憮然間，子愷來要我序他的漫畫集。記得：子愷的畫這類畫，實由於我的慫恿。在這三年中，子愷實畫了不少，集中所收的不過數十分之一。其中含有兩種性質，一是寫古詩詞名句的，一是寫日常生活的斷片的。古詩詞名句，原是古人觀照的結果，子愷不過再來用畫表出一次，至於寫日常生活的斷片的部分，全是子愷自己觀照的表現。前者是翻譯，後者是創作了。畫的好歹且不談，子愷年少於我，對於生活，有這樣的咀嚼玩味的能力，和我相較，不能不羨子愷是幸福者！

子愷爲和尙未出家時畫弟子，我序子愷畫集，恰因當前所感，並述及了和尙的近事，這是甚麽不可思議的緣啊！南無阿彌陀佛！

「鳥與文學」序

壁上掛一把拉皮黃調的胡琴與懸一張破舊的無弦古琴，主人的胸中的情調是大不相同的。一盆芬芳的薔薇與一枝枯瘦的梅花，在普通文人的心目中，也會有雅俗之分。這事實可用民族對於事物的文學歷史的多寡而說明。琴在中國已有很濃厚的文學背景，普通人見了琴就會引起種種聯想，胡琴雖時下流行，但在近人的詠物詩以外卻舉不出文學上的故事或傳說來，所以不能爲聯想的原素。薔薇在西洋原是有長久的文學的背景的，在中國，究不能與梅花並列。如果把梅花放在西洋的文人面前，其感興也當然不及薔薇的吧。

文學不能無所緣，文學所緣的東西，在自然現象中要算草蟲鳥爲最普通。孔子舉讀詩的益處，其一種就是說「多識乎鳥獸草木之名。」試翻毛詩來看，第一首關雎，是以鳥爲緣的，第二首葛覃，是以草木爲緣的。民族各以其常見的事物爲對象，發爲歌詠或編成傳說，經過多人的歌詠及普遍的傳說以後，那事物就在民族的血脈中，遺下某種情調，呈出一種特有的觀感。這些情調與觀感，足以長久地作爲酵素，來溫暖潤澤民族的心情。日本人對於櫻的情調，中國人對於鶴的趣味，都是他民族所不能翻譯共喻的。

事物的文學背景愈豐富，愈足以溫暖潤澤人的心情，反之，如果對於某事物毫不知道其往昔的文獻或典故，就會興味索然。故對於某事物關聯地來灌輸些文學上的文獻或典故，使對於某事物得擴張其趣味，也是青年教育上一件要務。祖璋的鳥與文學在這意義上，不失爲有價值的書。

小泉八雲（Lafcadio Hearn）曾著了一部有名的蟲的文學，把日本的蟲的故事與詩歌和西洋的關於蟲的文獻比較研究過。我在往時讀了很感興趣。現在讀祖璋此書，有許多地方，令我記起讀蟲的文學的印象來。

我的中學生時代

中學校時代，在年齡上是指十三四歲至十八九歲的一段的。我今年四十六歲，我的中學校時代已是三十年以前的事了。那時正是由科舉過渡到學校的當兒，學校未興，私塾是唯一的學校。我自幼也從塾師讀經書，學八股，考秀才，後來且考舉人。及科舉全廢的前兩三年，然後改進學校，可是卻未曾在甚麼學校裏畢過業，未曾得過卒業文憑。

我上代是經商的，父親卻是個秀才。在十歲以前，祖父的事業未倒，家境很不壞，兄弟五人中，據說我在八字上可以讀書，於是祖父與父親都期望我將來中舉人點翰林，光大門楣，不預備叫我去學生意。在我家坐館的先生也另眼相看，我所讀的功課是和我的兄弟們不同的。他們讀畢四書，就讀些幼學瓊林和尺牘書類，而我卻非讀左傳詩經禮記等不可。他們不必做八股文，而我卻非做八股文不可。因爲我是要預備將來做讀書人的。

十六歲那年我考得了秀才，以後不久，八股卽廢，改「以策論取士」八股在戊戌政變時曾廢過，不數月卽恢復，至是時乃眞廢了。這改革使全國的讀書人大起恐慌，當時的讀書人大都是一味靠八股喫飯的，他們平日朝夕所讀的是八股，案頭所列的是闈墨或試帖詩，經史向不硏究，「時務」更所茫然。我雖八股的積習未深，不曾感到很大的不平，但要從師也無師可從，只是把大題文府等類擱起，換些東萊博議讀通鑑論古文觀止之類的東西來讀，把白摺紙廢去，臨摹碑帖，再把當時唯一的算術書筆算數學買來自修而已。

那時我家裏的境況已大不如從前了。最初是祖父的事業失敗，不久祖父卽去世。父親是少爺出身，舒服慣了的。兄弟們爲家境所迫，都託親友介紹，提早作商店學徒去了。五間三進的寬大而貧乏的家裏，除了母親和一個嫂子，就剩了父子兩個老小秀才。父親的書箱裏，八股文以外，有一部史記，一部前後漢書，一部韓昌黎集，一部唐詩三百首，一部通鑑綱目，一部文選，一部聊齋志異，一部紅樓夢，一部西廂記，一部經策通纂，一部皇淸經解，還有幾種唐人的碑帖，與桐蔭論畫等論書畫的東西。父子把這些書作長日的消遣，父親愛寫字種花，整潔居室，室裏乾淨清靜得如庵院一般。這樣地過了約莫一年。

親戚中從上海回來的，都來勸讀外國書（卽現在的所謂進學校）。當時內地無學校，要讀外國書只有到上海。據說：上海最有名的是梵王渡（卽現在的聖約翰大學），如果在那裏畢業，包定有飯喫。父母也覺得科舉快將全廢，長此下去究不是事，於是就叫我到上海去讀外國書。當時讀外國書的地方也並不多。外國人立的只有梵王渡，震旦與中西書院，中國人立的只有南洋公學。我是去讀外國書的，當然要進外國人的學校。震旦是讀法文的，梵王渡據說程度較高，要讀過幾年英文的才能進去，中西書院（卽現在東吳大學的前身）入學比較容易些。我於是就進中西書院。

那時生活程度還很低，可是學費卻已並不便宜。中西書院每半年記得要繳費四十八元。家中境況已甚拮据，我的第一次半年的學費，還是母親把首飾變賣了給我的。我與便友同伴到了上海，由大哥送我入中西書院。那時我年十七。

中西書院分爲六年（？）畢業，初等科三年，高等科三年，此外還有特科若干年。我當然進初等科。那時功課不限定年級，是依學生的程度定的。英文是甲班的，算學如果有些根柢就可入乙班，國文好的可以入丙班。我英文初讀入甲班，最初讀的是華英初階，算學乙班，讀筆算數學，國文甲班。其餘各科也參差不齊，記不清楚了。各種學科中最被人看不起的是國文，上課與否可以隨便，最注重的是英文。時間表很簡單，每日上午全讀英文，下午第一時板定是算學，其餘各科則配搭在數學以後。監院（卽校長）是美國人潘慎文，教習有史拜言謝鴻賚等。同學一百多人，大多數是包車接送的富者之子，間有貧寒子弟，則係基督教徒，受有教會補助，讀書不用化錢的。我的同學中，很有許多現今知名之士。記得名律師丁榕，經濟大家馬寅初，都是我的先輩的同學。

中西書院門禁森嚴，除通學生外，非得保證人來信不能出大門一步，並且星期日不能告假（因爲要做禮拜）情形幾等於現在的舊式女學校。告假限在星期六下午。我的保證人是我的大哥，他在商店做事，每月只來帶我出去一次，有時他自己有事，也就不來領我。我在那裏幾乎等於籠鳥。尤其是禮拜日逃不掉做禮拜覺得很苦。

禮拜眞眞多極。每日上課前要做禮拜，星期三晚上要做禮拜，星期日早晨要做禮拜，晚上又要做禮拜。每次禮拜有舍監來各房間查察，非去不可。每日早晨的禮拜約須三十分鐘。其餘的都要費一小時以上。唱讚美歌，禱告，講經，厭倦非凡。這種麻煩，如果叫現今每週只做一次紀念週猶嫌費事的學生諸君去嘗，不知能否忍耐呢。

讀了一學期，學費無法繼續，於是只好仍舊在家裏，用華英進階華英字典（這是中國第一部英文字典，商務出版）代數備旨等書自修。另外再作些策論四書義，請邑中的老先生評閱。秋間再去考鄉試。舉人當然無望，卻從臨時書肆（當時平日書店很少，一至考試時，試院附近臨時書店如林）買了嚴譯原富天演論等書回來，莫名其妙地翻閱。又因排滿之呼聲已起，我也向朋友那裏借了新民叢報等來看，由是對於明末清初的故事與文章很有興味，明季稗史，明夷待訪錄，吳梅村集，虞初新志等書都是我所耽讀的。

十八歲那年，因了一位朋友的勸告，同到紹興府學堂（卽現在浙江第五中學的前身）入學。在那一二年中內地學堂已成立了不少。當時辦學概依奏定學堂章程，學制很劃一。縣有縣學堂，性質爲現在的高小程度，府學堂則相當於現在的中學，省學堂相當於大學預科，京師大學堂卽現在的所謂大學了。學堂的成立，並無一定順序，我們紹屬是先有中學，後有小學的。府學堂學費不收，宿費更不須出，飯費只每月二元光景，並且學校由書院改設，書院制尙未全除，月考成績若優，還有一元乃至幾毛錢的「膏火」可得（膏火是書院時代的獎金名稱，意思是燈油費）讀書不但可以不化錢，而且弄得好還有零用可獲得的。

府學堂的科目記得爲倫理，經學，國文，英文，史學，輿地，算學，格致（卽現在的理化博物，）體操，測繪（用器畫與地圖，）功課亦依程度編級，一如中西書院的辦法。我因英文已有每日三點鐘半年及在家自修的成績，居然大出風頭，被排在程度頂高的一級裏，算學與國文的班次也不低。同學之中年齡老大的很多，班級皆低於我，我於是頗受師友的青眼，國文是一位王先生教的，選讀皇朝經世文編作文題是「范文正公爲秀才時便以天下爲己任」「士先器識而後文藝」之類。經學是徐先生（卽刺恩銘的徐烈士）擔任的，他叫我們讀公羊傳，上課時大發揮其微言大義。測繪也由這位徐先生擔任。體操教師是一位日本人他不會講中國話，口令是用日本語的，故於最初就由他教我們幾句體操用的日本語。如「立正」「向前」之類。倫理教師最奇特，他姓朱，是紹興有名的理學家，有長長的鬚髯，走路踱方步，寫字仿朱子。他教我們學「灑掃應對」「居敬存誠」還教我舞佾，拿了鷄尾似的勞什子作種種把戲。據他的主張，上課時書應端執在右手，不應挾在腋下，上班退班，都須依照長幼之序「魚貫而行」不應作鳥獸散，見先生須作揖表示敬意。我們雖不以爲然，但卻不去加以攻擊，只以老古董相待罷了。

當時青年界激昂慷慨，充滿着蓬勃的朝氣，似乎都對於中國懷着相當的期待，不像現在的消沈幻滅。庚子事件經過不久，又當日俄戰爭，風雲惡劣，大家都把一切罪惡歸諸滿人，以爲只要滿人推倒，國事就有希望了。新民叢報，浙江潮等雜誌大受青年界的歡迎，報紙上的社論也大被注意閱讀。那時戀愛尙未成爲青年間的問題，出路的關心也不如現在的急切（因爲讀書人本來不大講究出路）三四朋友聚談，動輒就把話題移到革命上去，而所謂革命者內容就只是排滿，並沒有現在的複雜。見了留學生從日本回來沒有辮子，恨不得也去留學，可以把辮子翦去（當時普通人是不許翦辮子的）見了花翎顏色頂子的官吏，就暗中憎惡，以爲這是奴隸的裝束。盧梭，羅蘭夫人，馬志尼等都因了新民叢報的介紹，在我們的心胸裏成了令人神往的理想人物。羅蘭夫人的「自由，自由！天下幾多罪惡假汝之名以行！」已成了搖筆卽來的文章的套語了。

我在這樣的空氣中過了半年中學生活，第二學期又輟學了。這次的輟學，並非由於拿不出學費，乃是爲了要代替父親坐館。原來，父親在一年來已在家授徒了，一則因鄰近有許多小孩要請人教書，二則父親嫌家裏房屋太大，住了太寂寞，於是就在家裏設起書塾來。來讀的是幾個族裏與鄰家的小孩，中途忽然有一位朋友要找父親去替他幫忙，爲了友誼與家計，都非去不可。書館是不能中途解散的，家裏又無男子，很不放心，於是就叫我輟學代庖。功課當然是我所教得來的。學生不多，時間很有餘暇，於是一壁教書，一壁仍行自修。家裏人頗思叫我永繼父職，就長此教書下去，本鄉小學校新立，也邀我去充教習，但我總覺得於心不甘。

恰好有一個親戚的長輩從日本留學法政囘來，說日本如何如何地好，求學如何如何地便利。我對於日本留學夢想已久了，聽了他的話，心乃愈動。父母並不大反對，只是經費無着。乃遍訪親友借貸，很費力地集了五百元，冒險赴日。

當時赴日留學，幾成爲一種風氣，東京有一個宏文學院，就是專爲中國留學生辦的，普通科二年畢業，除教日語外，兼教中學課程。凡想進專門以上的學校的大概都在那裏預備。我因學費不足兩年的用度，乃於最初數月請一日本人專教日文。中途插入宏文學院普通科去，總算我的自修有效，英算各科居然尙能銜接趕上。在那裏將畢業的前二三月，東京高等工業學校招考了，我不待畢業就去跨考，結果倖而被錄。當時規定入了官立專門學校，就有官費的。而浙江因人多不能照辦，我入高工後快將一年，猶領不到官費，家中爲我已負債不少，結果乃又不得不中途輟學囘國，謀職餬口。我的中學時代就此結束了。那時我年二十一歲。

總計我的中學時代，經過許多的周折，東補西湊，斷續不成片段。我爲了修得區區的中學課程，曾經過不少的磨難，空費過長期的光陰。這種困苦的經驗，當時不但我個人有過，實可謂是一般的情形。現在的中學生，在這點上眞足羨豔，眞是幸福。

——中學生第十六號

光復雜憶

武漢起義以後，各省紛紛響應，大都「兵不血刃」就轉了向了。我們浙江的改換五色旗，是十一月五日。那時我在杭州，事前曾有風聲，說就要發動。四日夜裏尚毫不覺得有甚麼，次晨起來，知道已光復了。撫臺已逃走。光復的痕跡，看得見的，只有撫臺衙門的焚燒的餘燼，牆上貼着的都督湯壽潛的告示，和警察袖上纏着的白布條。街上的光景和舊曆元旦很相像，商店大半把門閉着，行人稀少得很。

時流行的是翦辮，青年們都成了和尚。因爲一向梳辮的緣故，爲髮的本來方向不同，剃去以後每人頭上有着白白的一圈，當時有一個名字，叫做奴隸圈。這時候最出風頭的不消說是本來翦了髮的留學生了。一般青年都恨不得頭髮快長起，掠成「西髮」。老成拘謹些的人，不敢就翦辮，或翦去一截，變成鴨屁股式。鄉下農民最戀戀於辮髮，有一時，警察手中拿了剪刀，硬要替行人剪髮，結果鄉下人不敢上城市來了。有的把辮子盤起來藏在帽裏，可笑的事情不少。

當時尚未發明標語的宣傳法，大家只在日用文件上表示些新氣象。最初用黃帝紀元，第二年才稱民國元年。在文字的寫法上有好些變化。革命軍的「軍」大家都寫作「軍」，「民」字寫作「民」，據說是革命軍與人民出了頭的意思，「國」字須寫作「囻」，據說是共和國以人民爲主體的意思。這風氣直至民國四五年袁世凱要稱帝時還存着。朋友×君曾以「國」字爲謎底作一燈謎云：「有的說是民意，有的說是王心，不知這圈圈內是甚麼人。」國字舊略寫作「国」，×君的燈謎，是暗射當時的時事的。

「現在是民國時代了，甚麼花樣都玩得出來！如果在前淸是……」光復後不到幾年，常從頑固的老年人口中聽到這樣的歎息。記得在光復當時，人心是非常興奮的。一般人，尤其是青年，都認中國的衰弱，罪在滿洲政府的腐敗，只要滿洲人一倒，就甚麼都有辦法。當辮子初剪去的時候，我們青年朋友間都互相策勵，存心做一個新國民，對時代抱着很大的希望。就我個人說，也許是年齡上的關係吧，當時的心情，比十六年歡迎黨軍蒞境似乎興奮得多。宋教仁的被暗殺，記得是我幼稚素樸的心上第一次所感到的幻滅。

光復初年的雙十節，不像現在的冷淡，各地都有熱烈的慶祝。我在杭州曾參加過全城學界提燈會，提了「國慶紀念」的高燈，沿途去喊「中華民國萬歲！」自六時起至十一時才停脚，脚底走起了泡。這泡後來成了兩個繭，至今還在我的脚上。

——中學生第三十八號

緊張氣分的回憶

前後約二十年的中學教師生活中，回憶起來自己覺得最像教師生活的，要算在×省×校擔任舍監，和學生晨夕相共的七八年，尤其是最初的一二年。至於其餘只任教課或在幾校兼課的幾年，跑來跑去簡直鬆懈得近於幫閒。

我的最初擔任舍監是自告奮勇的，其時是民國元年。那時學校習慣把人員截然劃分爲教員與職員二種，教書的是教員，管事務的是職員，教員只管自己教書，管理學生被認爲職員的責任。飯廳鬧翻了，或是寄宿舍裏出了甚麼亂子了，做教員的卽使看見了照例可「顧而之他」或袖手旁觀，把責任委諸職員身上，而所謂職員者又有在事務所的與在寄宿舍的之分，各不相關。舍監一職，待遇甚低，其地位力量易爲學生所輕視，狡黠的學生竟膽敢和舍監先生開玩笑，有時用粉筆在他的馬褂上偷偷地畫烏龜，或乘其不意把草圈套在他的瓜皮帽結子上。至於被學生趕跑，是不足爲奇的。舍監在當時是一個屈辱的位置，做舍監的怕學生，對學生要講感情，只要大家說「×先生和學生感情很好」這就是漂亮的舍監。

有一次，×校舍監因爲受不過學生的氣，向校長辭職了。一時找不到相當的替人，我在×校教書，頗不滿於這種情形，遂向校長自薦，去兼充了這個屈辱的職位，這職位的月薪記得當時是三十元。

我有一個朋友在第×中學做教員，因在風潮中被學生打了一記耳光，辭職後就抑鬱病死了，我任舍監和這事的發生沒有多日。心情激昂得很，以爲眞正要作教育事業須不怕打，或者竟須拚死。所以就職之初，就抱定了硬幹的決心：非校長免職或自覺不能勝任時決不走，不怕挨打，凡事講合理與否，不講感情。

×校有學生四百多人，我在×校雖擔任功課有年，實際只教一二班，差不多有十分之七八是不相識的。其中年齡最大的和我相去只幾歲。當時輕視舍監已成了風氣，我新充舍監，最初曾受到種種的試煉。因爲我是抱了不顧一切的決心去的，甚麼都不計較，凡事皆用坦率強硬的態度去對付，決不遷就。在飯廳中如有學生遠遠地發出「噓噓」的鼓動風潮的暗號，我就立在凳子上去注視發「噓噓」之聲的是誰？飯廳風潮要發動了，我就對學生說「你們試鬧吧，我不怕。看你們鬧出甚麼來。」人叢中有人喊「打」了，我就大膽地囘答說，「我不怕打，你來打吧。」學生無故請假外出，我必死不答應，寧願與之爭論至一二小時才止。每晨起牀鈴一搖，我就到齋舍裏去視察，如有睡着未起者一一叫起。夜間在規定的自修時間內，如有人在喧擾，就去干涉制止，息燈以後見有私點洋燭者，立刻趕進去把洋燭沒收。我不記學生的過，有事不去告訴校長，只是自己用一張嘴和一副神情去直接應付。每日起得甚早，睡得甚遲，最初幾天向教務處取了全體學生的相片來，一疊疊地攤在案上，像打撲克或認方塊字似地一一翻動，以期認識學生的面貌名字及其年齡籍貫學歷等等。

我在那時，頗努力於自己的修養，讀教育的論著，翻宋元明的性理書類，又搜集了許多關於青年的研究的東西來讀。非星期日不出校門，除在教室授課的時間外，全部埋身於自己讀書與對付學生之中。自己儼然以教育界的志士自期，而學生之間卻與我以各種各樣的綽號。當時我的綽號，據我所知道的，先後有「閻羅」「鬼王」「纛大」「木瓜」幾個，此外也許還有更不好聽的，可是我不知道了。

我的做舍監，原是預備去挨打與拚命的。結果卻並未遇到甚麼。一連做了七八年，到了後來，甚麼都很順手，差不多可以「無爲臥治」了。事隔多年，新就職時那種緊張的氣分，至今回憶起來還能大概在心中復現。遇到老學生們，也常會大家談起當時的舊事來，相對共笑。

——中學生第四十二號

一個追憶

這是四五年前的事。

錢塘江江心忽然漲起了一條長長的土埂，有三四里路闊，把江面劃分爲二。杭州西興之間，往來的人要擺兩次渡，先渡到土埂，再走三四里路，或坐三四里路的黃包車，到土埂盡頭，再上渡船到彼岸去。這情形繼續了大半年，據說是百年來從未有過的奇觀。

不會忘記：那是廢曆九月十八的一天。我從白馬湖到上海來，因爲杭州方面有點事情，就不走寧波，打杭州轉。在曹娥到西興的長途中，有許多人談起錢塘江中的土埂；甚麼「世界兩樣了，西湖搬進了城裏，錢塘江有了兩條了」咧，「據說長毛以前，江裏也起過塊，不過沒有這樣長久，怪不得現在世界又不太平」咧，我已有許久不渡錢塘江了，只是有趣味地聽着。

到西興江邊已下午四時光景，果然望見江心有土埂突出在那裏，還有許多行人和黃包車在跑動。下渡船後，忽然記得今天是九月十八，依照從前八月十八看潮的經驗，下午四五時之間是有潮的。「如果不湊巧在土埂上行走着的當兒碰見潮來，將怎樣呢？」不覺暗自躭心起來。旅客之中，也有幾個人提起潮的，大家相約：「看情形再說，如果潮要來了，就不上土埂，停在渡船裏，待潮過了再走。」

渡船到土埂時，幾十部黃包車夫來兜生意，說「潮快來了，快坐車子去！」大部分的旅客都跳上了岸。我方才相約慢走的幾位，也一個個地管自乘車去了。渡船中除我以外，只剩了二三個人。四五部黃包車向我們總攻擊，他們打着蕭山話，有的說「拉到渡船頭尙來得及，」有的說「這幾天即使有潮也是小小的。我們日日在這裏，難道不曉得？」我和留着的幾位結果也都身不由主地上了黃包車。

坐在黃包車上躭心着遇見潮，恨不得快到前方的渡頭。那裏知道拉到一半路程的時候，前方的渡船已把跳板抽起要開行了。江心的設渡是臨時的，只有渡船沒有躉船。前方已沒有船可乘，四邊有人喊「潮要到了！」不坐人的黃包車都在遠遠地向淺灘逃奔，土塥上只剩了我們三四部有人的車子。結果只有向後轉，回到方才來的原渡船去。幸而那隻渡船載着從杭州到西興去的旅客還未開行。

四圍寂無人聲，隆隆的潮聲已聽到了。車夫一面飛奔，一面喊「救命！」我們也喊「救命！」「放下跳板來！」

逃上跳板的時候，潮頭已望得見。船上的旅客們把跳板再放下一塊，拚得闊闊地，協力將黃包車也拉了上來。潮頭就到船下了，潮意外地大，船一高一低地顛簸得很兇，可是我在這瞬間卻忘了波濤的險惡，深深地感到生命的歡喜和人間的同情。

潮過以後，船開到西興去，我們這幾個人好像學校落第生似地再從西興重新渡到杭州。天已快晚，隱約中望得見隔江的燈火；潮水把土塥漲沒，錢塘江已化零爲整；船可直駛杭州渡頭，不必再在江心坐黃包車了。船行到江心土塥的時候，我們困難之交中有一位，走到船頭，把篙子插到水裏去看有多少深，居然一篙子還不到底。

地。

「險啊！如果浸在潮裏，我們現在不知怎樣了！」他放好篙子說，把舌頭伸出得長長

「想不得了，還是不去想他好。」一個患難之交說。

我覺得他們的話都有道理。

——中學生第四十七號

我之於書

二十年來，我生活費中至少十分之一二是消耗在書上的。我的房子裏比較貴重的東西就是書。

我向無對於任何一問題作高深研究的野心，因之所買的書範圍較廣，宗教，藝術，文學，社會，哲學，歷史，生物，各方面差不多都有一點。最多的是各國文學名著的譯本與本國古來的詩文集，別的門類只是些概論等類的入門書而已。

我不喜歡向別人或圖書館借書，借來的書，在我好像過不來癮似的，必要是自己買的才滿足。這也可謂是一種占有的欲望。買到了幾册新書，一册一册地加蓋藏書印記，我最感到快悅的是這時候。

書籍到了我的手裏以後，我的習慣是先看序文，次看目錄。頁數不多的往往立刻通讀，篇幅大的，祇把正文任擇一二章節略加翻閱，就插在書架上。除小說外，我少有全體讀完的大部的書，祇憑了購入當時的記憶，知道某册書是何種性質，其中大概有些甚麼可取的材料而已。甚麼書在甚麼時候再去讀再去翻，連我自己也無把握，完全要看一個時期一個時期的興趣。關於這事，我常自比爲古時的皇帝，而把插在架上的書，譬諸列屋而居的宮女。

我雖愛買書，而對於書卻不甚愛惜。讀書的時候，常在書上把我所認爲要緊的處所標出。線裝書大概用筆加圈，洋裝書竟用紅鉛筆劃粗粗的線。經我看過的書，統體乾淨的很少。

據說，任何愛喫糖果的人，只要叫他到糖果鋪中去做事，見了糖果就會生厭。自我入書店以後，對於書的貪念也已消除了不少了。可是仍不免要故態復萌，想買這種，想買那種。這大概因爲糖果要用嘴去喫，往往攡存毫無意義，而書則可以買了不看，任其只管插在架上的緣故吧。

——中學生第三十九號

試鍊

搬家到這裏來以後，才知道附近有兩所屠場。一所是大規模的西洋建築，離我所住地方較遠，據說所屠殺的大部分是牛。偶然經過那地方除有時在近旁見到一車一車的血淋淋的牛肉或帶毛的牛皮外，不聽到什麼惡聲，也聞不到什麼惡臭。還有一所是舊式的棚屋，所屠殺的大部分是猪。棚屋對河一條路是我出去囘來常要經過的，白天看見一羣羣的猪被拷押着走過，聞着一股臭氣，晚間聽到悽慘的叫聲。

我尚未戒肉食，平日喫牛肉，也喫猪肉，但見到血淋淋的整車的新從屠場運出來的牛體，聽到一陣陣的猪的絕命時的慘叫，總覺得有些難當。牛肉車不是日日碰到的，有時遠遠地見到了就俯下了頭管自己走路讓牠通過，至於猪的慘叫是所謂「夜半屠門聲」，發作必在夜靜人定以後。我日裏有板定的工作，探訪酬酢及私務處理都必在夜間，平均一星期有三四日不在家裏喫夜飯，回家來往往要到十點至十一點模樣。有時坐洋車，有時乘電車在附近下車再步行。總之都不免聽到這夜半的屠門聲。

在離那兒數十步的地方已隱隱聽到猪叫了。同時有好幾隻猪在叫，突然來一個尖利的曳長的聲音，這不消說這是一隻猪絕命了的表出。不多時繼續地又是這麼尖利的一聲。我坐在洋車上不禁要用手掩住耳朵，步行時總是疾速地快走，但願這聲音快些離開我的聽覺範圍，不敢再去聯想什麼，想像什麼。到了聽不見聲音的地方，才把心放下，那情形宛如從惡夢裏醒來一樣。

爲要避免這苦痛，我曾想減少夜間出外的次數，或到九點鐘模樣就回家來，可是事實常不許這樣。尤其是廢曆年關的幾天，我的外出的機會更多了。屠場的屠殺也愈增加了，甚至於白天經過，也要聽到悲慘的叫聲。

「世界是這樣，消極地逃避是不可能的。你方才不是喫猪肉的嗎？那末爲什麼聽到了殺猪就如此害怕？古來有志的名人爲了要鍛鍊膽力，曾有故意到刑場去看行刑的事。

現在到處有天災人禍，世界大戰又危機日迫，你如果連殺猪都要害怕，將來到了流血成河，殺人盈野的時候怎樣？要改革現社會，就得先有和現社會罪惡對面的勇氣，你如果能把猪的絕命的叫聲老實諦聽，或實地去參觀殺猪的情形，也許因此會發起眞正的慈悲心來，廢止肉食。假惺惺的行爲，畢竟只是對於自己的欺騙，不是好漢的氣概！」有一天在親戚家裏喫了年夜飯囘來，我曾這樣地在電車中自語。

下了電車，走近河邊，照例就隱約地有猪叫聲到耳朵裏來了。棚屋中的燈光隔河望去特別地亮，還夾入着熱蓬蓬的煙霧。我抱了方才的決心步行着故意去聽，總覺得有些難耐。及接連聽到那幾聲尖利的慘叫，不由自主地又把兩耳掩住了。

——中學生第五十三號

鋼鐵假山

案頭有一座鋼鐵的假山，得之不費一錢，可是在我室內的器物裏面，要算是最有重要意味的東西。

牠的成爲假山，原由於我的利用，本身只是一塊粗糙的鋼鐵片，非但不是甚麼「吉金樂石」，片說出來，一定會叫人髮指，是一二八之役日人所擲的炸彈的裂塊。

這已是三年前的事了。日軍才退出，我到江灣立達學園去視察被害的實況，在滿目悽愴的環境中徘徊了幾小時，歸途拾得這片鋼鐵塊回來。這種鋼鐵片，據說就是炸彈的裂塊，有大有小，那時在立達學園附近觸目皆是，我所拾的只是小小的一塊。闊約六寸，高約三寸，厚約二寸，重約一斤。一面還大體保存着圓筒式的弧形，從弧線的圓度推測起來，原來的直徑應有一尺光景，不知是多少磅重的炸彈了。另一面是破裂面，巉削凹凸，有些部分像峭壁，有些部分像危巖，鋒稜銳利得同刀口一樣。

江灣一帶曾因戰事炸毀過許多房子，炸殺過許多人。僅就立達學園一處說，校舍被燬的過半數，那次我去時瓦礫場上還見到未被收斂的死屍。這小小的一塊炸彈裂片，當然參與過殘暴的工作，和劊子手所用的刀一樣，有着血腥氣的。論到證據的性質，這確是「鐵證」了。

我把這鐵證放在案頭上作種種的聯想，因爲鋒稜又銳利，擺不平穩，每一轉動，桌上就起擦損的痕跡。最初就想配了架子當作假山來擺。繼而覺得把慘痛的歷史的證物，變裝爲骨董性的東西，是不應該的。一向傳來的骨董品中，有許多原是歷史的遺跡，可是一經穿上了骨董的衣服，就減少了歷史的刺激性，只當作骨董品被人玩耍了。

這塊粗糙的鋼鐵，不久就被我從案頭收起，藏在別處，憶起時才取出來看。新近搬家整理物件時被家人棄置在雜屑簍裏，找尋了許久才發見。爲永久保藏起見，頗費過些思量。擺在案頭吧，不平穩，而且要擦傷桌面。藏在衣箱裏吧，防鐵銹沾惹壞衣服，並且拿取也不便。想來想去，還是去配了架子當作假山來擺在案頭好。於是就託人到城隍廟一帶紅木鋪去配架子。

現在，這塊鋼鐵片，已安放在小小的紅木架上當作假山擺在我的案頭了。時間經過三年之久，全體蓋滿了黃褐色的鐵銹，凹入處銹得更濃。碎裂的整塊的，像沈石田的峭壁，細雜的一部分像黃子久的皴法，峯岡起伏的輪廓有些像倪雲林。客人初見到這座假山的，都稱贊牠有畫意，問我從甚麼地方獲得。家裏的人對牠也重視起來，不會再投入雜屑簍裏去了。

這塊鋼鐵片現在總算已得到了一個處置和保存的方法了，可是同時卻不幸地着上了一件骨董的衣裳，爲減少骨董性顯出歷史性起見，我想寫些文字上去，使牠在人的眼中不僅是富有畫意的假山。

寫些甚麼文字呢？詩歌或銘嗎？我不願在這嚴重的史跡上弄輕薄的文字遊戲，寧願老老實實地寫幾句記實的話。用甚麼來寫呢？墨色在鐵上是顯不出的，照理該用血來寫，必不得已，就用血色的朱漆吧。今天已是二十四年的一月十日了，再過十八日，就是今年的「一二八」，我打算在「一二八」那天來寫。

——中學生第五十二號

中年人的寂寞

我已是一個中年的人。一到中年，就有許多不愉快的現象，眼睛昏花了，記憶力減退了，頭髮開始禿脫而且變白了，意興、體力甚麼都不如年青的時候，常不禁會感覺到難以名言的寂寞的情味。尤其覺得難堪的是知友的逐漸減少和疏遠，缺乏交際上的溫暖的慰藉。

不消說，相識的人數，是隨了年齡增加的，一個人年齡越大，走過的地方，當過的職務越多，相識的人理該越增加了。可是相識的人並不就是朋友，我們的和許多人相識，或是因了事務關係，或是因了偶然的機緣，——如在別人請客的時候同席喫過飯之類。見面時點頭或握手，有事時走訪或通信，口頭上彼此也稱「朋友」，筆頭上有時或稱「仁兄」，諸如此類，其實只是一種社交上的客套，和「頓首」「百拜」同是儀式的虛僞。這種交際可以說是社交，和眞正的友誼相差似乎很遠。

眞正的朋友，恐怕要算「總角之交」或「竹馬之交」了。在小學和中學的時代容易結成眞實的友誼，那時彼此尚不感到生活的壓迫，入世未深，打算計較的念頭也少，朋友的結成全由於志趣相近或性情適合，差不多可以說是「無所爲」的，性質比較地純粹。二十歲以後結成的友誼大概已不免攙有各種各樣的顏色分子在內，至於三十歲四十歲以後的朋友中間，顏色分子愈多，友誼的眞實成分也就不免因而愈少了，這並不一定是「人心不古」，實可以說是人生的悲劇。人到了成年以後，彼此都有生活的重擔須負，入世既深顧忌的方面也自然加多起來，在交際上不許你不計較，不許你不打算，結果彼此都「鉤心鬭角」，像七巧板似地只選定了某一方面和對方去接合，這樣的接合當然是很不堅固的，尤其是現代這樣甚麼都到了尖銳化的時代。

在我自己的交遊中，最值得系念的老是一些少年時代以來的朋友。這些朋友本來數目就不多，有些住在遠地，連相會的機會也不可多得，他們有的年齡大過了我，有的小我幾歲，都是中年以上的人了，平日各人所走的方向不同，思想趣味，境遇也都不免互異，大家晤談起來，也常會遇到說不出的隔膜的情形。如大家話舊，舊事是彼此共喻的，而且大半都是少年時代的事，「舊遊如夢」把夢也似的過去的少年時代重提，因了談話的進行，同時就會關聯了想起許多當時的事情，許多當時的人的面影，這時好像自己仍回歸少年時代去了。我常在這種時候感到一種快樂，同時也感到一種傷感，那情形好比老婦人突然在抽屜裏或箱子裏發見了她盛年時的影片。

逢到和舊友談話，就不知不覺地把話題轉到舊事上去，這是我的習慣，我在這上面無意識地會感到一種溫暖的慰藉。可是這些舊友，一年比一年減少了，本來只是屈指可數的幾個，少去一個，是無法彌補的，我每當聽到一個舊友死去的消息時候，總要惆悵多時。

學校教育給我們的好處，不但只是灌輸知識，最大的好處，恐怕還在給與我們求友的機會一點上。這好處我到了離學校以後才知道，這幾年來更確切地體會到，深悔當時毫不自覺，馬馬虎虎地過去了。近來每日早晚在路上見到兩兩三三地攜着書包、攜了手或挽了肩膀走着的青年學生們，我總豔羨他們有朋友之樂，暗暗地要在心中替他們祝福。

——中學生第四十九號

早老者的懺悔

朋友間談話，近來最多談及的是關於身體的事。不管是三十歲的朋友，四十左右的朋友，都說身體應付不過各自的工作，自己照起鏡子來，看到年齡以上的老態。彼此感慨萬分。

我今年五十，在朋友中原比較老大。可是自己覺得體力減退，已好多年了。三十五六歲以後，我就感到身體一年不如一年，工作起不得勁，只是懨懨地勉強挨，幾乎無時不覺到疲勞，甚麼都覺得厭倦，這情形一直到如今。十年以前，我還只四十歲，不知道我年齡的都說我是五十歲光景的人，近來居然有許多人叫我「老先生」。論年齡，五十歲的人應該還大有可爲，古今中外，儘有活到了七十八十，元氣很盛的。可是我卻已經老了，而且早已老了。

因爲身體不好，關心到一般體育上的事情，對於早年自己的學校生活發見一個重大的罪過。現在的身體不好，可以說是當然的報應。這罪過是甚麽？就是看不起體操教師。

體操教師的被蔑視，似乎在現在也是普通現象。這是有着歷史關係的。我自己就是一個歷史的人物。三十年前，中國初興學校，學校制度不像現在的完整。我是棄了八股文進學校的，所進的學校，先後有好幾個，程度等於現在的中學。當時學生都是所謂「讀書人」，童生、秀才都有，年齡大的可三十歲，小的可十五六歲，我算是比較年青的一個。那時學校教育雖號稱「德育、智育、體育並重」，可是學生所注重的是「智育」，學校所注重的也是「智育」，「德育」和「體育」只居附屬的地位。在全校的教師之中，最被重視的是英文教師，次之是算學教師，格致（理化博物之總名）教師，最被蔑視的是修身教師體操教師。大家把修身教師認作迂腐的道學家，把體操教師認作賣藝打拳的江湖家。修身教師大概是國文教師兼的，體操教師的薪水在教師中最低，往往不及英文教師的半數。

那時學校新設，各科教師都並無一定的資格，不像現在的有大學或專門科畢業生。

國文教師，歷史教師，由秀才、舉人中挑選，英文教師大概向上海聘請，聖約翰書院（現在改稱大學，當時也叫梵王渡）出身的曾大出過風頭，算學、格致教師也都是把教會學校的未畢業生拉來充數。論起資格來，實在薄弱得很。尤其是體操教師，他們不是三個月或半年的速成科出身，就是曾經在任何學校住過幾年的三脚貓。那時一面有學校，一面還有科舉，大家把學校教育當作科舉的準備。體操一科，對於科舉是全然無關的，又不像現在學校的有競技選手之類的名目，誰也不去加以注重。在體操時間，有的請假有的立在操場上看教師玩把戲，自己敷衍了事。體操教師對於所教的功課，似乎也並無何等的自信與理論，只是今日球類，明日棍棒，輪番着變換花樣，想以趣味來維繫人心。可是學生老不去睬他。

蔑視體操科，看不起體操教師，是那時的習慣。這習慣在我竟一直延長下去，我敢自己報告，我在以後近十年的學生生活中，不曾用了心操過一次的體操，也不曾對於某一位體操教師抱過尊敬之念。換一句話說，我在學生時代不信「一二三四」等類的動作和習慣會有益於自己後來的健康。我只覺得「一二三四」等類的動作乾燥無味。

朋友之中，有每日早晨在牀上作二十分操的，有每日臨睡操八段錦的，據說持久着做，會有效果，勸我也試試。他們的身體確比我好得多，我也已經從種種體驗上知道運動的要義不在趣味而在繼續持久，養成習慣。可是因爲一向對於這些上面厭憎，終於立不住自己的決心，起不成頭，一任身體一日不如一日。

我們所過的是都市的工商生活，房子是鴿籠，業務頭緒紛煩，走路得刻刻留心，應酬上飲食容易過度，感官日夜不絕地受到刺激，睡眠是長年不足的，事業上的憂慮，生活上的煩悶是沒有一刻忘懷的，這樣的生活當然會使人早老早死，除了捏鋤頭的農夫以外，卻無法不營這樣的生活，這是事實，積極的自救法，唯有補充體力及早預備好了身體來。

「如果我在學生時代不那樣蔑視體操科，對於體操教師不那樣看他們不起，多少聽受他們的教誨，也許……」我每當顧念自己的身體現狀時常這樣暗暗歎息。

——中學生第五十八號

送殯的歸途

「唉！老王眞死得可悲。——現在讓他好好地獨自睏在會館裏吧。連日你我爲了他的病，眞累夠了。該去散散才是。噲，一道到什麼地方去看電影好嗎？」

「……」

「怎麼？」

「沒有什麼。我在想起陶淵明的詩了。『向來相送人，各自還其家。親戚或餘悲，他人亦已歌。』才送朋友的喪回來，就去看電影嗎？」

「那末依你說，我們應該留在棺材旁流淚陪他，或者更進一步，生起和他同樣的病來跟他死掉！」

「這是笑話了。老王有知，也決不願我們如此的。你看，老王的夫人，這幾天，雖然哭得很利害，再過幾天，一定不會再哭了。何況我們是他的朋友。」

「人到了死的時候，父母妻兒朋友原都是無法幫助的。」

「豈但死的時候呢？活着的時候，旁人能幫助的也只是極淺薄極表面的一部分。眞正擔當着這一切的，還不是這孤另另的自己！人本來是一個個的東西。想到這裏，我覺得人生是寂寞的。」

「你這寂寞和普通所謂寂寞不同，頗有些宗教氣了哩。」

「呃，這是一種無可奈何的寂寞。宗教的起因，也許就爲了人類有這種寂寞的緣故。我現在尙不信宗教，我只想把這寂寞來當作自愛自奮的出發點。反正人是要靠自己的，樂得獨來獨往地幹一生。」

「好悲壯的氣概！」

「……」

——二十四年文藝日記

阮玲玉的死

電影女伶阮玲玉的死，叫大衆非常轟動。這一星期以來，報紙上連續用大幅記載着她的事，街談巷語都以她爲話題。據說：跑到殯儀館去瞻觀遺體的有幾萬人，其中有些人是特從遠地趕來的。出殯的時候沿途有幾萬人看。甚至還有兩個女子因她的死而自殺。轟動的範圍之廣爲從來所未有。她死後的榮哀，老實說，超過於任何闊人任何名流。至於那些死後要大發訃聞號召弔客，出材時要靠許多叫化子來繃場面的大喪事，更談不上了。

一個電影女伶的死竟會如此轟動大衆，這原因說起來原不簡單。第一，她的死是自殺的，自殺比生病死自然更易動人；第二，她的死是爲了戀愛的糾紛，桃色事件照例是容易引起大衆的注意的；第三，她是一個電影伶人，大衆雖和她無往來，但在銀幕上對她有相當的認識，抱有相當的好感。這三種原因合在一起遂使她的死如此轟動大衆。

如果把這三種原因分析比較起來，我以爲第三個原因是主要的，第一第二並不是主要的原因。現今社會上自殺的人差不多日日都有，桃色事件更不計其數，因桃色事件而自殺的男女也不知有多少，何以不曾如此轟動大衆呢？阮玲玉的死所以如此使大衆轟動，主要原因就在大衆對她有認識，有好感，換句話說，她十年來體會大衆的心理，在某程度上是曾能滿足大衆要求的。同是電影女伶，同是自殺的，一年以前有過一個艾霞，社會人士雖也曾爲之惋惜，卻沒有如此轟動，那是因她上銀幕未久，作品不多，工力尙未能深入人心的緣故。

不論音樂繪畫文學或是甚麼，凡是眞正的藝術，照理都該以大衆爲對象，努力和大衆發生交涉的。藝術家的任務就在用了他的天分體會大衆的心情，用了他的技巧滿足大衆的要求。好的藝術家，必和大衆接近，同時爲大衆所認識所愛戴。普式庚出殯時啜泣而送的有幾萬人，陀思妥夫斯基的死，許多人有爲之號哭，農民畫家米萊的行事和作品到今還在多數人心裏活着不死。他們一向不忘記大衆，一切作爲都把大衆放在心目中，所以大衆也不忘記他，把他們放在心目中。這情形原不但藝術上如此，政治上、道德上、事業上、學問上都一樣。凡是心目中沒有大衆的，任憑他議論怎樣巧，地位怎樣高，聲勢怎樣盛，大衆也不會把他放在心目中。

現在單就藝術來說，在各種藝術之中，最易有和大衆接觸的機會的要算戲劇和文學。因爲戲劇天然有許多觀衆，文學靠了印刷的傳布，隨時隨地可得到讀者。

同是戲劇，電影比一向的京劇崑劇接近大衆得多。這祇要看京劇崑劇已觀客漸少而電影院到處林立的現象，就可知道。在今日，舊劇的名伶——假定是梅蘭芳氏吧，有一天如果死了，死因無論怎樣，轟動大衆的程度，決不及這次的阮玲玉，這是可預言的。電影伶人卓別麟將來死時，必將大大地有一番轟動，這也是可預言的。因爲電影在性質上比歌劇接近着大衆，牠的藝術材料及演出方法，在對大衆接觸一點上有着種種舊劇所沒有的便利。阮玲玉的表演技術原不能說已了不得，已好到了絕頂，她在電影上的工力，和從來名伶在舊劇上的工力，兩相比較起來，也許不及。她的所以能因了相當的成就，收得較大的效果，可以說因爲她是電影伶人的緣故。如果她以同樣的工力投身在舊劇中，也許只是一個平常的女伶而已。這完全是藝術材料和方法進步不進步的關係。

同樣的情形也可應用到文學上。文學是用文字做的藝術，牠的和大衆接近，本來就沒有像電影的容易。電影只要有眼睛的就能看，文學卻須以識得懂得文字爲條件，文學對於文盲，其無交涉等於電影之對於瞎子。國內瞎子不多，文盲卻自古以來佔着大多數，到現在還是佔着大多數。文學在中國根本是和大衆絕緣的東西。救濟的方法，一方面固然須普及教育，掃除文盲，一方面還得像舊劇改進到電影的樣子，把文學的藝術材料和演出方法改進，使容易和大衆接近。世間各種新文學運動，用意不外乎此。新文學運動，離成功尚遠，並且還有各種各樣的阻力在加以障礙。例如到現在還居然有人主張作古文讀經。中國自古有過許多傑出的文人，現在也有不少好的文人，可是大衆之中認識他們，愛戴他們的人有多少呢？長此下去，中國文人心目中沒有大衆的不必說了，卽使心目中想有大衆，也無法有大衆吧。中國文人死的時候，像阮玲玉似地能使大衆轟動的，過去固然不會有過，最近的將來也決不會有吧。這是可使我們做文人的愧殺的。

——太白第二卷第二期

春的歡悅與感傷

四季之中，向推「春秋多佳日」，而春尤爲人所禮讚。自古就有許多頌揚春的話，春未到先要迎盼，春一去不免依戀。春繼冬而至，使人從嚴寒轉入溫暖，且爲萬物萌動的季節，在原始時代，人類的活動與食物都從春開始獲得，男女配偶也都在春完成。就自然狀態說，春確是値得歡迎的。

可是自然與人事並不一定調和，自古文辭中於「惜春」「迎春」等類題材以外，還有「傷春」「春怨」等類的題目。「閨中少婦不知愁，春日凝妝上翠樓。忽見陌頭楊柳色，悔教夫壻覓封侯。」這是唐人王昌齡的詩，「三分春色二分愁，更一分風雨。」這是宋人葉清臣的詞，都是寫春的感傷的。其感傷的原因，全在人事之不如意。社會愈複雜，人事上的不如意越多，結果對於季節的歡悅的事情減少，感傷的事情加多。這情形正像貧家小孩盼新年快到，而做父母的因債務關係想到過年就害怕。

我每年也會無意識地以傳統的情懷從冬天盼望春光早些來到。可是眞從春天得到春的歡悅的，有生以來，除未經世故的兒時外，可以說並沒有幾次。譬如說吧，此刻正是三月十三日的夜半，眞是所謂春宵了，我卻不會感到春宵的歡喜，一家之中輪番地患着春季特有的流行性感冒，我在燈下執筆寫字，差不多每隔一二分鐘要聽到妻女們的呻吟和乾咳一次。鄰家收音機和麻雀牌的喧擾聲陣陣地刺入我的耳朵，尤使我頭痛。至於日來受到的事務上經濟上的煩悶，且不去說牠。

都市中沒有「燕子」也沒有「垂楊」，跼促在都市中的人，是難得見到春日的景物的。前幾天喫到油菜心和馬蘭頭的時候，我不禁起了懷鄉之念，想起故鄉的春日的光景來。我所想的只是故鄉的自然界，園中菜花已發黃金色了吧，燕子已囘來了吧，窗前的老梅已結子如豆了吧，杜鵑已紅遍了屋後的山上了吧……只想着這些，怕去想到人事。因爲鄉村的彫敝我是知道的，故鄉人們的困苦情形我知道得更詳細。

宋人張演社日村居詩云：「鵝湖山下稻粱肥，豚柵雞棲對掩扉，桑柘影斜春社散，家家扶得醉人歸。」這首詩中所寫的只是鄉村春景的一角，原沒有什麼大了不得，可是和現在的鄉間情形比較起來，已好像是羲皇以前的事了。

春到人間，據日曆上所記已好久了，但是春在那裏呢？有人說「在楊柳梢頭，」又有人說「在油菜花間，」也許是的吧，至於我們一般人的身上，是不大有人能找得到的。

——中學生第四十四號

原始的媒妁

媒妁者叫做「月老，」這典故據說出於續幽異錄所載唐韋因的故事。據那故事：月下老人執掌人間婚姻簿册，對於未來有夫妻緣分的男女暗中給他們用紅絲繫在脚上。月下老人就是司男女婚姻的神。

古今筆記中常見有「跳月」的記載，說野蠻民族每年擇期作「跳月」之會，聚未婚男女在月下跳舞，彼此相悅，卽爲配偶。陸次雲有一篇跳月記，述苗人跳月的情形非常詳盡。

把上面兩段話聯結了看來，月亮與男女的結合，似乎很有關係。男女的結合發生於夜，婚姻的「婚」字原作「昬，」就是夜的意思。說雖如此，黑夜究有種種不便，在照明裝置還非常幼稚或竟缺如的原始社會，月亮就成了婚姻的媒介者。中國月下老人的傳說，也許是唐以後就有的，無非是把月亮來加以擬人化罷了。月下老人其實就是月亮的本身。

在已開化的我們現代，「跳月」的風習原已沒有了，可是痕跡還存在。日本有所謂「盆踊」(bonadori)者，至今尚盛行於各地。「盆」即「于蘭盆」之略語，爲民間祭名之一。日期在舊曆七月十五日，日本每至七月十五前後，各地舉行盆祭，男女飲酒跳舞爲樂，較我國之蘭盆會熱狂得多，因此常發生攸關風化的事件。中國各鄉間迎神賽會日期亦常在月圓的望日。吾鄉（浙東上虞）的會節，差不多都在舊曆月半。如「正月半」，「三月半」，「六月半」，「八月半」，「九月半」，「十月半」之類。屆時家家迎親接眷，男女都盛裝了空巷而往。觀於從來有「好男不看燈，好女不遊春」之誡，足以證明這是「跳月」的變形了。吾鄉最盛的會是「三月半」，無妻的男子向有「看過三月半，心裏寬一半」的謠諺。意思是說：會場上有女如雲，不怕討不着老婆。

月亮對於男女的關係，似並不偶然，莫泊桑有一篇描寫性欲的短篇，就叫月光。由此類推去看，古來名句「月上柳梢頭，人約黃昏後」是具着有機的技巧的，那都會中作爲男女情場的跳舞廳與影戲院中的電燈光，其朦朧宛如月夜，也是合乎性心理的了。

——中學生第三十七號

白馬湖之冬

在我過去四十餘年的生涯中，冬的情味嘗得最深刻的要算十年前初移居白馬湖的時候了。十年以來，白馬湖已成了一個小村落，當我移居的時候，還是一片荒野。春暉中學的新建築巍然矗立於湖的那一面，湖的這一面的山脚下是小小的幾間新平屋，住着我和劉君心如兩家。此外兩三里內沒有人煙。一家人於陰曆十一月下旬從熱鬧的杭州移居於這荒凉的山野，宛如投身於極帶中。

那裏的風，差不多日日有的，呼呼作響，好像虎吼，屋宇雖係新建，構造卻極粗率，風從門窗隙縫中來，分外尖削。把門縫窗隙厚厚地用紙糊了，椽縫中卻仍有透入。風刮的厲害的時候，天未夜就把大門關上，全家喫畢夜飯即睡入被窩裏，靜聽寒風的怒號，湖水的澎湃。靠山的小後軒，算是我的書齋，在全屋子中是風最少的一間，我常把頭上的羅宋帽拉得低低地在洋燈下工作至深夜。松濤如吼，霜月當窗，飢鼠吱吱在承塵上奔竄，我於這種時候，深感到蕭瑟的詩趣，常獨自撥劃着爐灰，不肯就睡，把自己擬諸山水畫中的人物，作種種幽邈的遐想。

現在白馬湖到處都是樹木了，當時尚一株樹木都未種，月亮與太陽都是整個兒的。從上山起直要照到下山爲止。在太陽好的時候，只要不刮風，那眞和暖得不像冬天。一家人都坐在庭間曝日，甚至於喫午飯也在屋外，像夏天的晚飯一樣。日光曬到那裏，就把椅凳移到那裏，忽然寒風來了，只好逃難似地各自帶了椅凳逃入室中，急急把門關上。在平常的日子，風來大概在下午快要旁晚的時候，半夜即息。至於大風寒，那是整日夜狂吼，要二三日才止的。最嚴寒的幾天，泥地看去慘白如水門汀，山色凍得發紫而黯，湖波泛深藍色。

下雪原是我所不憎厭的，下雪的日子，室內分外明亮，晚上差不多不用燃燈。遠山積雪，足供半個月的觀看，舉頭即可從窗中望見。可是究竟是南方，每冬下雪不過一二次，我在那裏所日常領略的冬的情味，幾乎都從風來。白馬湖的所以多風，可以說是有着地理上的原因的，那裏環湖原都是山，而北首卻有一個半里闊的空隙，好似故意張了袋口歡迎風來的樣子。白馬湖的山水，和普通的風景地相差不遠，唯有風卻與別的地方不同。風的多和大，凡是到過那裏的人都知道的。風在冬季的感覺中自古佔着重要的因素，而白馬湖的風尤其特別。

現在，一家僦居上海多日了，偶然於夜深人靜時聽到風聲的時候，大家就要提起白馬湖來，說「白馬湖不知今夜又刮得怎樣厲害哩！」

良鄉栗子

「請，趁熱。」

「啊！日子過得眞快！又到了喫良鄉栗子的時候了。」

「像我們這種住弄堂房子的人，差不多是不覺得季候的。春、夏、秋、冬，都不知不覺地讓牠來，不知不覺地讓牠過去。前幾天在街上買着蘋果、柿子、良鄉栗子，才覺到已到深秋了。」

「向來有『良鄉栗子，難過日子』的俗語，每年良鄉栗子上市，寒冷就跟着來了。良鄉栗子對於窮人，着實是一個威脅哩。」

「今年是大荒年，更難過日子吧。咿喲，這幾個年頭兒，窮人老是難過日子，不管良鄉栗子不良鄉栗子，『半山梅子』的時候，何曾好過日子？『奉化桃子』的時候，也何曾好過日子？」

「對了，那原是幾十年前的老話罷咧，世界變得眞快，光是良鄉栗子，也和從前不同了。」

「有甚麼不同？」

「從前的良鄉栗子是草紙包的，現在改用這樣牛皮紙做的袋子了，上面還印得有字。栗子攤招徠買主，向來是一塊紅紙上寫金字的掛牌，後來加用留聲機，新近是留聲機已不大看見，都改爲無線電收音機了。幾乎每個栗子攤都有一架收音機。」

「這不是進步嗎？」

「進步呢原是進步，可惜總是替外國人銷貨色。從前的草紙、紅紙，不消說是中國貨，現在的牛皮紙、收音機是外國貨。良鄉栗子已著洋裝了！你想，我們今天喫兩毛錢的良鄉栗子，要給外國賺幾個錢去？外國人對於良鄉栗子一項，每年可銷多少牛皮紙？多少收音機？還有印刷紙袋用的油墨、機器？……」

「這是一段很好的提倡國貨演說啊！去年是國貨年，今年是婦女國貨年，明年大概是小孩國貨年了吧。有機會時你去上臺演說倒好！」

「可惜沒人要我去演說，演說了其實也沒有用。——中國的軍備、交通、衞生、文化、教育、工藝，那一件不是直接間接替外國人推銷貨色的玩意兒？」

「唉！唉——還是喫良鄉栗子吧。——這是『良鄉栗子大王』，你看，紙袋上就印着這幾個字。」

「這也是和從前不同的一點，從前是叫『良鄉名栗』『良鄉奎栗』的，現在改稱『大王』了。外國有的是『鋼鐵大王』，『煤油大王』，『汽車大王』，我們中國有的是『瓜子大王』，『花生米大王』，『栗子大王』，再過幾天『湖蟹大王』又要來了。甚麼都是『大王』，好多的『大王』呵！」

「還有哩！『鴉片大王』，『馬將大王』，『牛皮大王』……」

「現在不但大王多，皇后也多。甚麼『東宮皇后』咧，『西宮皇后』咧，名目很多，至於『電影皇后，』『跳舞皇后，』更不計其數。」

「這是很自然的，自古說『一陰一陽之爲道，』有這許多『大王，』當然要有這許多『皇后』才相稱。否則還成世界嗎？」

「哈哈！」

——中學生第四十八號

兩個家

「呀，你幾時出來的？夫人和孩子們也都來了嗎？前星期我打電話到公司去找你，才知道你因老太太的病，忽然變卦，又趕囘去了，隔了一日，就接到你寄來的報喪條子。你今年總算夠受苦了，從五月初上你老太太生病起，匆匆地囘去，匆匆地出來，據我所知道的，就有四五次，這樣大旱的天氣，而且又帶了家眷和小孩，光只川費一項也就可觀了吧。」

「唉，眞是一言難盡！這囘趕得着送老太太的終，幾次奔波還算是有意義的。」

「現在老太太的後事想大致舒齊了吧。」

「那里！到了鄉間，就有鄉間的排場，囘神咧，二七咧，五七咧，七七咧，都非有舉動不可，我想不舉動，親戚本家都不答應。這次頭七出殯，間壁的二伯父就不以爲然，說不該如是草草。家裏事情正多哩，公司裏好幾次寫快信來催，我只好把家眷留在家裏，獨自先來，隔幾天再趕回去。」

「那末還要奔波好幾趟呢。唉！像我們這樣在故鄉有老家的人，不好喫都市飯，最好是回去捏鋤頭。我們現在都有兩個家，一個家在都市裏，是亭子間或是客堂樓廂房間，住着的是自己夫婦和男女。一個家在故鄉，是幾開間幾進的房子，住着的是年老的祖父，祖母，父母和未成年弟妹因爲家有兩個的緣故，就有許多無謂的苦痛要受到。像你這回的奔波，就是其中之一啊。」

「奔波還是小事，我心裏最不安的，是沒有好好地盡過服侍的責任。老太太病了這幾個月，我在她牀邊的日子合計起來，不滿一個星期。在公司裏每日盼望家信，也何嘗不刻刻把心放在她身上，可是於她有甚麽用呢。」

「這就是家有兩個的矛盾了。我們日常不知可因此發生多少的矛盾，譬如說：我和你是親戚，照禮，老太太病了，我應該去探望，故了，應該去送殮送殯，可是我都無法去盡這種禮。又譬如說：上墳掃墓是我們中國的牢不可破的舊禮法。一個墳頭，如果每年沒有子孫去祭掃，就連墳頭要被人看不起的。我已有好幾年不去掃墓了，去年也曾想去，終於因爲離不開身，沒有去成。我把家眷搬到都市裏，已十多年了，最初搬家的原因是因爲沒有飯喫，辦事的地方沒有屋住，當時我父母還在世，也贊同我把妻兒帶在身邊住。不過背後卻不免有『養兒子是假的』的歎息。我也曾屢次想接老父老母出來同居，一則因爲都市裏房價太貴，負擔不起，而且都市的房子也不適宜於老年人居住。二則因爲家裏有許多房子和東西，也不好棄了不管，終於沒有實行。遷延復遷延，過了幾年，本來有子有孫的老父老母先後都在寂寞的鄉居生活中故世了。你現在的情形，和我當日一樣。」

「老太太在日，我每年總要帶了妻兒回去一次，她見我們回去，就非常快樂，足見我們不在她身邊的時候，是寂寞不快的。現在老太太死了，我越想越覺得難過。」

「像我們這種人，原不是孝子，卽使想做孝子也不能夠。如果用了『晨昏定省』『湯藥親嘗』等等的形式規矩來責備，我們都是犯了不孝之罪的。豈但孝呢，悌也無法實行。我常想，中國從前的一切習慣制度，都是農業社會的產物，我們生活在近代工商社會的人，要如法奉行，是很困難的。大家以農爲業，父母子女兄弟天天在一處過活，對父母可以晨昏定省，可以湯藥親嘗，對兄弟可以出入必同行，對長者可以有事服其勞，掃墓不必化川資，向公司告假，如果是士大夫，那末有一定的年俸，父母死了，還可以三年不做事，一心住在家裏讀禮守制。可是我們已經不能一一照做。一方面這種農業社會的習慣制度，還遺存着勢力，如果不照做，別人可以責備，自己有時也覺得過不去。矛盾，苦痛，就從此發生了。」

「你說得對！我們現在有兩個家，在都市裏的家，是工商社會性質的，在故鄉的家，是農業社會性質的。我在故鄉的家還是新屋，是父親去世前一年造的。父親自己是個商人，我出了學校他又不叫我學種田，不知爲甚麼要花了許多錢在鄉間造那麼大的房子。如果當時造在都市裏，那末就是小小的一二間也好，至少我可以和老太太住在一處，不必再住那樣狹隘的客堂樓了。」

「我家裏的房子，是祖父造的，祖父也不曾種田。——過去的事，有甚麼可說的呢？現在不是還有許多人從都市裏發了財，在故鄉造大房子嗎？由社會的矛盾而來的苦痛，是各方面都受到的。並非一方受了苦痛，一方會得甚麼利益。你因覺得到對老太太未曾盡孝養之道，心裏不安，老太太病中見了你因她的病，幾次奔波囘去，心裏也不會爽快吧。你住在都市中的客堂樓上嫌憎不舒服，而老太太死後，那所巨大的空房子，恐也處置很困難吧。這都是社會的矛盾，我們生在這過渡時代，恰如處在夾牆之中，到處都免不掉要碰壁的。」

「老太太死後，我一時頗想把房子出賣。一則恐怕鄉間沒有人會承受，凡是買得起這樣房子的人，自己本有房子，而且也是空着在那裏的。一則對於上代也覺得過意不去，父親造這房子頗費了心血，老太太才故世，我就來把牠買了，似乎於心不忍。」

「這就是所謂矛盾了。要賣房子，沒有人會買；想賣又覺得於心不忍，這不是矛盾的是甚麼？」

「那末你以為該怎麼辦？」

「我也不知道怎麼辦才好，你知道我自己也不曾把故鄉的房子賣去，我只說這是矛盾而已。感到這種矛盾的苦痛的人，恐不止你我吧。」

——中學生第五十號

整理好了的箱子

他旁晚從辦事的地方回家，見馬路上逃難的情形較前幾日更厲害了，滿載着鋪蓋箱子的黃包車，汽車，搬場車，銜頭接尾地齊向租界方面跑，人行道上一羣一羣地立着看的人，有的在交頭接耳談着甚麼，神情慌張得很。

他自己的里門口，也有許多人在忙亂地進出，里裏面還停放着好幾輛搬場車子。

她已在房內整理好了箱子。

「看來非搬不可了，里裏的人家差不多快要搬空，本來留剩的已沒幾家，今天上午搬的有十三號、十六號，下午搬的有三號、十九號，方才又有兩部車子開進裏面來，不知道又是那幾家要搬。你看我們怎樣？」

「搬到那裏去呢？聽說黃包車要一塊錢一部，汽車要隔夜豫定，旅館又家家客滿。倒不如依我的話，聽其自然吧。我不相信眞個會打仗。」

「半點鐘前王先生特來關照，說他本來也和你一樣，不豫備搬的，昨天已搬到法租界去了。他有一個親戚在南京做官，據說這次眞要打仗了。他又說，閘北一帶今天晚上十二點鐘就要開火，叫我們把箱子先搬出幾隻，人等礮聲響了再說。」

「所以你在整理箱子？我和你沒有甚麼好衣服，這幾隻箱子値得多少錢呢？」

「你又來了，『一二八』那回也是你不肯先搬，後來光身逃出，弄得替換衫褲都沒有，件件要重做，到現在還沒添配舒齊，難道又要……」

「如果中國政府眞個會和人家打仗，我們甚麼都該犧牲，區區不値錢的幾隻箱子算甚麼？恐怕都是些謠言吧。」

「…………」

幾隻整理好了的箱子胡亂地疊在屋角，她悄然對了這幾隻箱子看。

搬場汽車啵啵地接連開出以後，弄裏面賴以打破黃昏的寂寞的只是晚報的叫賣聲，晚報用了棗子樣的大字列着「×××不日飛京，共赴國難，精誠團結有望」「五全大會開會」等等的標題。

* * *

他旁晚從辦事的地方回家，帶來了幾種報紙，裏面有許多平安的消息，甚麼「軍政部長何應欽聲明對日親善外交決不變更，」甚麼「寶樂安路日兵撤退，」甚麼「日本總領事聲明決無戰事，」甚麼「市政府禁止搬場。」她見了這些大字標題，一星期來的愁眉爲之一鬆。

「我的話不錯吧，終究是謠言。那裏會打甚麼仗?」

「我們幸而不搬，隔壁張家這次搬場，聽說花了兩三百塊錢呢。還有寶山路李家，聽說一家在旅館裏睏地板，連喫連住要十多塊錢一天的開銷，家裏昨天晚上還着了賊偷。李太太今天到這裏，說起來要下淚，都是造謠言的害人。」

「總之，中國人難做是眞的。——這幾隻箱子不知道要到甚麼時候才有犧牲的機會呢？」

幾隻整理好了的箱子胡亂地疊在屋角，他悄然對了這幾隻箱子看。

打破里內黃昏的寂寞的仍舊還只有晚報的叫賣聲，晚報上用棗子樣的大字列着的標題是「日兵雲集榆關」。

——中學生第六十號

致文學青年

××君：

承你認我爲朋友，屢次以所寫的詩與小說見示，這囘又以終身職業的方向和我商量。我雖愛好文學，但自慚於文學毫無研究，對於你屢次寄來的寫作，除於業務餘暇披讀，遇有意見時復你數行外，並不曾有甚麼貢獻你過，你有時有信來，我也不能一一作復。可是這次卻似乎非復你不可了。

你來書說：「此次暑假在××中學畢業後，擬不升學，專心研究文學，靠文學生活。」壯哉此志！但我以爲你的預定的方針大有須商量的地方。如果許我老實不客氣地說，這是一種青年的空想，是所謂「一相情願」的事。你懷抱着如此壯志，對於我這話也許會感到頭上澆冷水似的不快吧，但你既認我爲朋友，把終身方向和我商量，我不能違了自己的良心，把要說的話藏匿起來，別用恭維的口吻來向你敷衍，討好一時。

你愛好文學，有志寫作，這是好的。你的趣味，至少比一般紈袴子弟的學漂亮，打牌，抽煙，嫖妓等等的趣味要好得多，文學實不曾害了你。你說高中畢業後擬不再升大學，只要你畢業後，肯降身去就別的職業，而又有職業可就，我也贊成。現在的大學教育本身空虛得很。學費，膳費，書籍費，戀愛費（這是我近來新從某大學生口中聽到的名辭）等等耗費很大，不升大學，也就罷了，人這東西本來不必一定要手執大學文憑的。愛好文學，有志寫作，不升大學，我都覺得沒有甚麼不可，惟對於你的想靠文學生活的方針，卻大大地不以爲然。

靠文學生活，換句話說，就是賣字喫飯。（從來曾有人靠書法喫飯的叫做「賣大字」，現在賣文爲活的人可以說是「賣小字」的。）賣字喫飯的職業（除鈔胥外）古來未曾有過。因文字上有與衆不同的技倆，因而得官或被任爲幕府或清客之類的事例，原很多很多，但直接靠文學過活的職業家，在從前卻難找出例子來。杜甫、李白不曾直接賣過詩，左思作賦，洛陽紙貴，當時洛陽的紙店老板也許得了好處，左思自己是半文不曾到手的。至於近代，似乎有靠文學喫飯的人了。可是按之實際，這樣職業者極少極少，且最初都別有職業，生活資糧都靠職業維持，文學生活只是副業之一而已。這種人一壁從事職業，或在學校教書或入書店、報館爲編輯人，一壁則鑽研文學，翻譯或寫作。他們時常發表等到在文學方面因了稿費或版税可以維持生活了，這纔辭去職業，來專門從事文學。舉例說罷，魯迅氏最初教書，後來一壁教書一壁在教育部做事，數年前才脫去其他職務，他的創作，大半在教書與做事時成就的。周作人氏至今還在教書。再說外國，俄國高爾基經過各種勞苦的生涯，他做過製圖所的徒弟，做過船上的僕歐，做過肩販者，挑夫。柴霍甫做過多年的醫生，易卜生做過七年的藥舖夥計，威爾斯以前是新聞記者。從青年就以文學家自命想掛起賣字招牌來維持生活的人，文學史中差不多找不出一個。

你愛好文學，我不反對。你想依文學爲生活，在將來也許可能，你不妨以此爲理想。至於現在就想不作別事，掛了賣字招牌，自認爲職業的文人，我覺得很是危險。賣文是一種

「商行爲，」在這行爲之下，文字就成了一種的商品。文字旣是商品，當然也有牌子新老，貨色優劣之別，也有市面景氣與不景氣之分。並且，文學的商品與別的商品性質又有不同，文字的成色原也有相當測度的標準，可是究不若其他商品的正確。文字的銷路的好壞，多少還要看世人口胃的合否。如果有人和你訂約，叫你寫甚麼種類的東西或翻譯甚麼書，那是所謂定貨，且不去管他。至於你自己寫成的東西，小說也好，詩也好，劇本也好，並非就能換得生活資料的。想以此爲活，實在是靠不住的事。

你的寫作，我已見過不少，就文字論原是很有希望的，但我不敢斷定你將來一定能靠文學來生活自己，至少不敢保障你在中學畢業後就能靠賣字喫飯養家。最好的方法是暫時不要以文學專門者自居，別謀職業，一壁繼續鑽研文學有所寫作，則於自娛以外，不妨試行投稿。要把文學當作終身的事業，切勿輕率地以文學爲終身的職業。

鄙見如此，不知你以爲何如？

——中學生第十五號

讀詩偶感

數年前，經朱佩弦君的介紹，求到了黃晦聞（節）氏的字幅。黃氏是當代的詩家，我求他寫字的目的，在想請他寫些舊作，不料他所寫的卻不是自己的詩，是黃山谷的戲贈米元章二首。那詩如下：

萬里風帆水着天。麝煤鼠尾過年年。滄江靜夜虹貫月。定是米家書畫船。

我有元暉古印章。印刓不忍與諸郎。虎兒筆力能扛鼎。教字元暉繼阿章。

字是寫得很蒼勁古樸的，把牠裝裱好了掛在客堂間裏，無事的時候，一個人看着讀着玩，字看看倒有味，詩句讀讀卻感到無意味，不久就厭倦了，把牠收藏起來，換上別的畫幅。

近來，聽說黃氏逝世了，偶然念及，再把那張字幅拿出來掛上，重新來看着讀着玩。黃氏的字仍是有味的，而山谷的詩句仍感到無意味。於是我就去追求這詩對我無意味的原因。第一步把平日讀過的詩來背誦，發見我所記得的詩裏面，有許多也是對我意味很少或竟是無意味的，再去把唐宋人的集子來隨便翻，覺得對我無意味的東西竟着實不少。

文藝作品的有意味與無意味，理由當然不很簡單，說法也許可以各人不同吧。我現在所覺到的，只是一點，就是：對我的生活可以發生交涉的有意味，否則就無意味。讓我隨便舉出一首認爲有意味的詩來，如李白的靜夜思：

牀前明月光。疑是地上霜。舉頭望明月。低頭思故鄉。

這首詩從小就記熟，覺得有意味，至今年紀大了，仍覺得有意味。第一，這裏面沒有用着一定的人名，任何人都可以做這首詩的主人公。「疑」誰「疑」呢？你疑也好，我疑也好，他疑也好，「舉頭，」「望，」「低頭，」「思，」這些動作，任憑張三李四來做都可以。詩句雖是千年以前的李白做的，至今任何人在類似的情景之下，都可以當作自己的創作來念。心中所感到的滋味，和作者李白當時所感到的可以差不多。第二，這裏面用着不說煞的含蓄說法，只說「思故鄉，」不加「戀念」「悲哀」等等的限定語。爲父母而思故鄉也好，爲戀人而思故鄉也好，爲戰亂而思故鄉也好，甚麼都可以。猶之數學公式中的X，任憑你代入甚麼數字去，都可適用。如果前人的文學作品可以當遺產的話，這類的作品，的確可以叫做遺產的了。

再回頭來讀山谷的那兩首詩：第一首是寫米元章的船中書畫生活的，米元章工書畫，當時做着名叫「發運司」的官，長期在江淮間船上過活，船裏帶着許多書畫，自稱「米家書畫船。」第二首是說要將自己所鄭重珍藏的晉人謝元暉的印章贈與米元章的兒子虎兒，（名友仁，）說虎兒筆力好，可取字元暉，使用這印章，繼承父業。這兩首詩在山谷自己不消說是有意味的，因爲發揮着對於友人的情感，在米元章父子也當然有意味，因爲這詩爲他們而作。但是對千年以後的我們發生甚麼交涉呢？我們不住在船中，又不會書畫，也沒有古印章，也沒有「筆力能扛鼎」的兒子，所以讀來讀去，除了些記得一件文人的故事和詩的本來的平仄音節以外，毫不覺得有甚麼了。如果用遺產來作譬喻，李白靜夜思是一張不記名的支票，誰拿到了都可支取使用，糴米買菜。山谷的戲贈米元章二首是一張記名的劃線支票，非憑記着的那人不能支取，而這記着的那人卻早已死去了的。於是這張支票捏在我們手裏，只好眼睛對牠看看而已。

山谷的集子裏當然也有對我們有意味的詩，李白的集子裏也有對我們無意味的詩，上面所說的只是我個人現在的選擇見解。依據這見解把從來汗牛充棟的詩集、文集、詞集來檢驗估價，被淘汰的東西，將不知有若干。以前各種各樣的選本，也不知該怎樣翻案才好。這對於古人也許是一種忤逆，但爲大衆計，是應該的，我們對於前人留下來的文藝作品，要主張讀的權利，同時要主張有不讀的自由。

——中學生第五十五號

图书在版编目（CIP）数据

平屋杂文 / 夏丏尊著. -- 3 版. -- 天津：百花文艺出版社, 2020.4(2024.1 重印)
(现代文学名著原版珍藏. 第三辑)
ISBN 978-7-5306-7835-0

Ⅰ.①平… Ⅱ.①夏… Ⅲ.①杂文集-中国-现代
Ⅳ.①I266.1

中国版本图书馆 CIP 数据核字(2020)第 062274 号

平屋杂文
PINGWU ZAWEN
夏丏尊 著

选题策划：唐冠群　　**美术编辑**：张振洪
责任编辑：胡晓童　唐冠群
出版发行：百花文艺出版社
地址：天津市和平区西康路 35 号　**邮编**：300051
电话传真：+86-22-23332651（发行部）
+86-22-23332656（总编室）
+86-22-23332478（邮购部）
网址：http://www.baihuawenyi.com
印刷：宝蕾元仁浩（天津）印刷有限公司
开本：787×1092 毫米　1/32
字数：67 千字
印张：6.125
版次：2020 年 4 月第 1 版
印次：2024 年 1 月第 4 次印刷
定价：20.00元

如有印装质量问题，请与宝蕾元仁浩（天津）印刷有限公司联系调换
地址：北京朝阳区西坝河南路6号西座102室
电话：(010) 84498866 邮编：100028